KB050651

매니지
먼트의
제왕

매니지
먼트의
제왕 10 완결

초판 1쇄 인쇄일 2018년 4월 18일 ┃ **초판 1쇄 발행일** 2018년 4월 23일

지은이 펜쇼 ┃ **펴낸이** 곽동현 ┃ **담당편집 팀장** 이범수
편집부 신연제 김예리 이윤아 홍현주 김유진 조서영 정요한 김미경 박수빈

펴낸곳 (주)조은세상 ┃ **출판등록** 제 2002-23호
주소 경기도 연천군 미산면 청정로 1355
TEL 편집부 02)587-2966 ┃ FAX 02)587-2922
e-mail bukdu@comics21c.co.kr

펜쇼 ⓒ 2017
ISBN 979-11-6171-798-2 ┃ ISBN 979-11-6171-198-0(set) ┃ 값 8,000원

매니지먼트의 제왕

완결
10

NEO MODERN FANTASY STORY

펜쇼 현대판타지 장편소설

(주)좋은세상

펜쇼 현대판타지 장편소설

NEO MODERN FANTASY STORY

CONTENTS

펜쇼 현대판타지 장편소설

NEO MODERN FANTASY STORY

CONTENTS

1장. 준비된 승리와 준비 없는 패배

〈도쿄의 가을〉 촬영이 한창일 때, 미네르바의 일본 진출이 본격화됐다는 소식이 들려왔다.

하지만 미네르바는 3대 음반 회사에 가로막혀 전혀 힘을 쓰지 못했다.

막대한 자본력이나 암흑가의 힘도 3대 음반 회사에게는 바람 앞의 촛불에 불과했다.

'국적이 다르고 시장이 다른 일본이다. 제아무리 사성 그룹이 대단하다고는 하지만, 이미 시장이 굳어진 일본을 단순히 자금력만으로 무너뜨릴 수는 없지. 게다가 야쿠자로 대변되는 일본 암흑가의 힘도 대단하고. 한마디로 일본

에서는 미네르바의 장점이라고 할 만한 것을 하나도 발휘할 수 없다는 뜻이야.'

결국 미네르바는 야심차게 준비한 일본 진출용 걸 그룹 하나를 시원하게 말아먹었다.

또한 그와 함께 준비한 솔로 가수 몇 사람도 고배를 맛봐야 했다.

'아무래도 미네르바는 일본 사업을 접고 중국으로 유턴을 하는 수순인 것 같군. 하지만 중국이라고 해서 쉽지는 않을 거다. 양 지부장이 대단한 작품을 준비해 둔 상태이니까.'

정호가 떠나고 컬처 필드 중국 지부의 지부장이 된 양 팀장은 지부장으로서 첫 작품을 성실히 준비했다.

그 결과, 충쳉과의 협력으로 탄생한 작품이 조만간 중국에서 방영될 예정이었다.

〈르포〉라는 제목의 작품으로 지해른을 비롯한 중국의 스타급 배우들이 주연을 맡은 대작이었다.

'현장 취재를 나간 기사들이 흉흉한 사건에 대한 소문을 포착하게 되면서 그 사건의 전말을 파헤치는 과정을 그린 스릴러 드라마지. 감 좋기로 유명한 정 대표님이 드라마가 굉장히 잘 나왔다고 할 정도면 충분히 기대할 만하다.'

게다가 중국 시장에는 황태준이 준비한 영화들이 하나둘

개봉을 하면서 반응을 보이고 있었다.

특히 〈숙적〉과 〈음악 애호가〉라는 영화가 좋은 결과를 내는 중이었다.

〈숙적〉은 박태식, 조준환이 중국의 주연 배우들과 호흡을 맞춘 영화로 중국의 스타급 배우가 합류하지 못했음에도 불구하고 최종 성적 3천8백만이라는 엄청난 숫자의 관객을 동원하는 데 성공했다.

또한 〈음악 애호가〉는 중국의 스타들과 차수준, 임지연이 함께 출연한 영화로 개봉 이틀 만에 천만 관객을 넘으면서 기대를 받고 있었다.

성적만 잘 유지한다면 최종 성적 4천만도 넘을 수 있는 페이스였다.

'의외로 한국에서는 슈퍼 조연으로 평가받는 임지연이 중국에서의 인기가 굉장하네. 덕분에 한동안 봉팔이의 입이 귀에 걸려 있었지. 그러면 뭐 하나 매일 썸만 타고 고백도 못 하는 처지인데…….'

자신의 연애 고자 시절을 잊은 정호는 민봉팔을 흉보는 것으로 미네르바의 현 상황을 진단했다.

결과적으로 미네르바의 해외 진출은 철저한 패배로 귀결될 가능성이 높았다.

심지어 미네르바는 국내에서도 조금씩 컬처 필드에 밀리고 있는 실정이었다.

'사성 그룹의 반응이 궁금하군. 전폭적인 지원에도 이런 결과물을 내보이는 한경수가 과연 사성 그룹에서 살아남을 수 있을까?'

◇ ◆ ◇

정호의 생각대로 한경수는 요즘 가시밭길을 걷는 기분이었다.

성공보다 실패의 숫자가 더 많아지면서 내부의 압박이 거세지고 있었다.

확실히 엄청난 투자 규모에 비해 거둬들인 성과는 도무지 말이 되질 않은 수준이었다.

그런 까닭에 한경수는 지금 사성 그룹의 회장에게 호출을 받은 상태였다.

불안함 때문인지, 이동하는 차 안에서 연신 손톱을 잘근잘근 씹으며 한경수가 생각했다.

'일본 진출을 너무 얕봤어. 컬처 필드가 교진을 앞세우는 걸 보고 우리도 같은 방식으로 접근한다면 충분히 승산이 있다고 봤는데…… 왜지? 왜 안 된 거지?'

미네르바의 일본 진출 실패는 생각 자체의 오류에서 비롯됐다.

정호를 필두로 한 컬처 필드는 3대 음반 회사의 견제가 거세질까 봐 조심하며 전략을 짠 것에 반해, 한경수를 필두로 한 미네르바는 그런 조심성 없이 너무 많은 일을 대놓고 진행했다.

그 과정에서 선발 주자인 3대 음반 회사의 견제는 자연스러운 수순이 된 것이고, 한경수로서는 어쩔 수 없는 일이었다.

한경수는 위상, 자금력, 암흑가의 힘을 적극적으로 앞세워 언제나 경쟁 상대를 찍어 누른 경험밖에 없었으니깐.

그래서 지금 이 순간에도 자신의 실책이 무엇인지 깨닫지 못하는 한경수였다.

'분명 컬처 필드와 미네르바의 일본 진출 전략은 똑같았다. 오히려 명성을 적극적으로 활용한 미네르바의 진출 전략이 더 좋았어. 근데 어째서 이런 상황이 펼쳐진 거지?'

이런 생각에 빠져 있을 때 차가 거대한 저택으로 들어섰다.

도무지 서울 어딘가에 이런 집이 있을 거라는 생각이 들지 않는 굉장히 크기의 저택이었다.

그렇게 한경수가 탄 차량이 저택 안으로 진입했다.

송 이사가 입을 열었다.

"도착하셨습니다."

송 이사의 말을 듣고 생각에 빠진 채 손톱을 물어뜯던 한경수가 고개를 들었다.

"그렇군."

이렇게 대답한 뒤 이내 초조해하던 표정을 지우고 한경수는 자신만만해하는 모습으로 차에서 내렸다.

이런 연기가 필요하다는 걸 본능적으로 알았기 때문이었다.

한경수는 저택의 집사로 보이는 사람에게 안내를 받았다.

안내받은 곳은 저택 뒤쪽의 정원이었다.

그곳에서 사성 그룹의 회장 한동철은 한창 골프 스윙을 연습하고 있었다.

한경수가 그 모습을 보며 생각했다.

'여전히 팔팔하군. 늙은이가 죽지도 않아.'

하지만 생각과는 다른 말이 입에서 튀어나왔다.

"안녕하세요, 할아버지! 그간 잘 지내셨습니까?"

한경수의 인사에 한동철은 대답하지 않고 골프 스윙 연습을 이어 나갔다.

한동철이 크게 한 번 골프채를 휘두른 후 한경수에게 말을 걸었다.

"한 대표."

한동철의 낮고 굵직한 목소리에 한경수가 긴장했다.

저렇게 호칭으로 부를 때 항상 한동철에게 꾸중을 듣곤 했기 때문이었다.

한경수가 반응했다.

"네, 회장님."

"이번 일본 진출의 실패가 무엇 때문이라고 생각하나?"

차 안에서 내내 고민하던 의문이었다.

한경수는 고민 끝에 내린 결론을 전달했다.

"3대 음반 회사의 견제가 너무 심했습니다. 더욱 적극적
으로 나서서 3대 음반 회사를 찍어 누른 뒤 일을 진행했더
라면……."

하지만 한경수는 끝까지 말을 잇지 못했다.

한동철이 힘껏 던진 골프채가 자신을 향해 날아왔기 때
문이었다.

휘리릭, 와장창.

다행히 골프채가 고개 옆을 스치고 지나가면서 골프채에
맞는 불상사는 벌어지지 않았다.

하지만 자칫 잘못했다가는 깨진 것은 창문이 아니라 자
신의 머리통일 수도 있다는 생각에 한경수는 등 뒤로 식은
땀이 흘렀다.

한경수가 식은땀을 흘리며 생각했다.

'이 미친 늙은이가…….'

그때 한동철이 성큼성큼 다가와 한경수의 뺨을 갈겼다.

짜악.

그러고는 말했다.

"멍청한 놈. 아직도 상황을 제대로 파악하지 못하다니. 네가 일본 시장에서 실패한 것은 선발 주자에게 기반도 없이 덤볐기 때문이다. 일본이 한국인 줄 알아!"

한경수가 잽싸게 고개를 숙이며 사과했다.

"죄송합니다."

한동철이 그런 한경수를 향해 다시 한 번 뺨을 갈기려다가 참으며 입을 열었다.

"……죄송하다고 말하면 끝이라고 생각하는 건 아니겠지?"

물론 한경수도 알고 있었다.

그룹 내부에서 자신에 대한 애기가 어떻게 오가고 있는지를 말이다.

"알고 있습니다."

한동철이 손을 내리며 천천히 달래듯 얘기했다.

"경수야, 정신 차리자. 이대로라면 한 씨 집안의 자산인 사성 그룹이 다른 놈들에게 넘어간다는 걸 모르는 거 아니잖느냐."

한경수는 대답 없이 고개를 숙였다.

한동철이 그 모습을 지켜보다가 이만 가 보라는 손짓을 하며 말했다.

"이제 기회는 얼마 남지 않았어. 그걸 알고 돌아가."

한경수는 고개를 다시 한 번 숙이며 인사했다.

"그럼 들어가 보겠습니다, 할아버지. 다시 찾아뵐 때까지 건강하십시오."

이렇게 말한 뒤 한경수가 한동철 회장에게서 등을 돌렸고 등을 돌리자마자 생각했다.

'늙은이…… 두고 보자…….'

그런 뒤, 타고 온 차를 타고 저택에서 빠져나갔다.

그 모습을 모른 척하고 있던 한동철이 고개를 들며 수행 비서를 손짓으로 호출했다.

"부르셨습니까, 회장님?"

"슬슬 정리해. 저놈을 잘랐을 때 저놈의 외할아버지가 괜히 날뛰지 않도록."

지금까지 자신을 믿고 지지해 주던 할아버지의 신뢰마저도 잃었다는 걸, 한경수는 알지 못했다.

그러는 사이 〈도쿄의 가을〉의 개봉 준비가 차근차근 진행됐다.

오타 타카히로를 믿었기 때문에 편집 과정을 살피기 위해 편집실에 정호가 고개를 내미는 일은 없었다.

오히려 같은 감독이자, 이번 〈도쿄의 가을〉에서는 각본을 맡은 코지바 마코토가 편집실에 자주 찾아간 모양이었다.

두 사람이 치고받으며 열심히 편집에 몰두했다는 소문이 파다하게 돌았다.

정호 대신에 편집실을 두어 번 다녀온 민봉팔이 고개를 절레절레 저으며 말했다.

"완전 부부가 따로 없어. 사이가 좋은 것 같으면 싸우고, 싸우는 것 같으면 또 사이가 좋다니깐."

그런 민봉팔에게 정호가 웃으며 대답했다.

"그런 게 누군가와 함께한다는 즐거움이지. 그나저나 넌 어때? 지연이랑 연락해?"

민봉팔이 당황했다.

"갑자기 왜 얘기가 그쪽으로 튀는 거야?"

정호가 대꾸했다.

"왜긴 왜야. 너희가 하도 지지부진하니깐 답답해서 그러는 거지."

민봉팔은 "아, 몰라!" 하고 소리를 지르며 도망갔고 정호가 그 모습을 보며 박장대소했다.

강여운과의 연애 이후, 이런 농담도 곧잘 던지게 된 정호였다.

어쨌든 오타 타카히로와 코지바 마코토가 어렵게 내보인 결과물은 만족스러웠다.

비공식 시사회를 통해서 훌륭한 영화가 나왔다는 걸

확인할 수 있었다.

'블라인드 시사회와 기자·평론가 시사회를 통해 반응을 봐야겠지만 영화가 아주 잘 나왔군. 스태프와 관계자들 모두 만족하는 눈치야.'

같이 영화를 본 배우들도 만족했는지 입가에 미소를 띠고 있었다.

하지만 주연 배우들 앞에 놓인 것은 이제 홍보를 위한 바쁜 일정이었다.

비공식 시사회의 반응이 좋은 만큼, 조만간 개봉일이 확정될 가능성이 높았다.

당연스럽게도, 주연 배우들은 영화 홍보를 위해 바쁘게 방송에 얼굴을 들이밀어야 했다.

'예능, 인터뷰, 광고 등 해 줘야 할 게 많지. 아무리 성공이 예견되는 영화라지만 홍보를 소홀히 할 수 없으니까.'

게다가 정호도 여유롭게 홍보 과정을 지켜볼 생각이 아니었다.

이미 회의를 거친 끝에, 〈도쿄의 가을〉만을 위한 홍보 전략을 마련해 둔 상태였다.

이번 홍보 전략은 디퍼런트 트윈을 성공시킨 TV 광고의 후속작쯤이 되는 것이었다.

'그사이 디퍼런트 트윈의 TV 광고가 한 번 더 나왔으니 이제 3탄이라고 보는 게 적절하겠군. 이번 광고는 한 편의 영화가 제작되는 과정에서 얼마나 많은 아티스트들이 노력하는지 보여줌으로써 교진을 홍보하는 광고다. 물론 이번에도 역시 교진을 홍보하면서 〈도쿄의 가을〉을 자연스럽게 노출시키겠지.'

어차피 〈도쿄의 가을〉 홍보는 세리자 미미, 코바야시 히로시, 기무라 하루, 우츠미 켄만으로 어느 정도 보장되는 상황이었다.

따라서 교진이 준비한 TV 광고는 반찬이나 양념 정도의 홍보 효과를 내는 것으로 충분했다.

'준비는 끝났다. 이제 일본 전역이 〈도쿄의 가을〉로 물들 계절이 온 건가……'

매니지먼트 제왕

2장. 익숙한 계절

　최근 일본 영화계는 애니메이션 영화가 강세였다.

　하지만 이 강세를 이끌고 있는 것은 미야자키 하오나 코지바 마코토 같은 거장이 만드는 '창작 애니메이션 영화'가 아니었다.

　일본 영화계를 이끄는 것은 원작 만화가 있는 '극장판 애니메이션 영화'나 원작 만화를 실사화한 '리메이크 영화'였다.

　다시 말해, 일본 영화계에서 원작 만화가 없는 영화의 약진에 제동이 걸리고 있다는 뜻이었다.

　'말이 많지. 〈해촌 다이어리〉 같은 우수한 영화가 극장판 애니메이션 영화한테 밀렸을 때는 오타쿠들에게 영화계를 빼앗겼다는 얘기가 나왔을 정도였으니깐. 게다가 원작 만화를 실사화한 리메이크 영화들은 외부에서 코스프레 수준에 불과하다며 비난을 받고 있기도 하고.'

정호는 이런 일본 영화계의 흐름에 동조하거나 비난할 생각이 전혀 없었다.

이런 흐름 자체가 〈도쿄의 계절〉의 성공에 영향을 미칠 것이라고 생각하지 않았기 때문이었다.

다만 이로 인해 상영관을 확보하는 데 어려움이 따른다는 것이 안타까울 뿐이었다.

'예상하고는 있었지만, 확보한 상영관이 삼분의 일 수준이라는 건 받아들이기 힘든 상황이군. 할리우드 대작 영화조차 원작 만화가 있는 영화들에게 밀릴 정도라니……'

정호는 어쩔 수 없이 상영관 숫자를 늘리기 위해 영화관 쪽과 거래를 해야 했다.

영화관 쪽은 자신들의 수익 분배율을 높여 주면 상영관을 더 분배해 주겠다는 제안을 했다.

영화관의 입장에서도 〈도쿄의 가을〉은 성공 가능성이 꽤나 높아 보였기 때문에 가능한 제안이었다.

〈도쿄의 가을〉이 아니었다면 영화관은 수익 분배율을 조정하는 일조차 고려하지 않았을 게 분명했다.

하지만 정호는 이 제안을 받아들이지 않았다.

이 제안을 받아들이려면 제작사 측의 전체 비율을 조정해야 하는데, 그렇게 되면 배우들과 스태프들이 정당한 금액을 만질 수 없게 됐기 때문이었다.

〈도쿄의 가을〉을 제작한 컬처 필드도 마찬가지였다.

가뜩이나 일본 영화계는 제작사 측에 떨어지는 수익 분배율이 낮기로 유명했다.

'치열한 눈치 싸움 끝에 결국은 적지 않은 대여료를 지급하는 쪽으로 흥정이 마무리됐지. 상영관을 확보하기가 확실히 쉽지 않군.'

어쨌든 그렇게 정호는 전국 오분의 이 수준의 상영관을 확보하는 데 성공할 수 있었다.

이제 남은 것은 개봉뿐이었다.

그리고 개봉 전 반응은 무척이나 좋았다.

연속으로 진행된 블라인드 시사회와 기자·평론가 시사회에서 〈도쿄의 가을〉이 극찬을 받았기 때문이었다.

─재미만을 추구하는 영화계에 도전장을 내민 〈도쿄의 가을〉!

─일본 영화계, 〈도쿄의 가을〉로 물들까?

─〈도쿄의 가을〉을 향한 끊이지 않는 극찬과 호평.

─카레다 준, "오랜만에 욕심 있는 영화를 봤다." 의미 있는 한마디.

─〈도쿄의 가을〉은 과연 원작 만화가 있는 영화들을 넘어설까?

─유명 영화 평론가 S, "〈도쿄의 가을〉은 처절한 실패를 맛볼 것." 혹평.

─실패한다고 해도 좋다. 제발 이런 영화만을…….

─〈도쿄의 가을〉은 절대 따분한 영화가 아니야.

─재미와 작품성을 모두 잡아낼 '진짜' 영화?

개봉 전부터 자극적인 제목의 기사들이 쏟아졌다.

세리자 미미, 기무라 하루, 코바야시 히로시, 우츠미 켄의 적극적인 홍보와 교진의 TV 광고가 등장하자 자극적인 기사들의 숫자는 열 배 정도 증가했다.

이제 사람들은 모이기만 하면 〈도쿄의 가을〉의 흥행 가능성에 대해서 이야기했다.

대다수의 걱정과 우려, 그리고 극소수의 비난과 조소가 섞인 토론이었다.

민봉팔이 넌지시 정호에게 우려를 표현했다.

"괜찮을까? 영화는 무척이나 잘 나왔는데 일본 영화계의 분위기가 워낙 좋지 않아서……."

하지만 정호는 이런 반응을 전체적으로 기꺼워했다.

'자꾸 화제에 오른다는 것은 결국 〈도쿄의 가을〉의 홍보가 잘 이뤄지고 있다는 얘기지. 토론에 참가하는 사람들의 절반만이라도 극장을 찾아 준다면 무척이나 좋을 텐데…….'

정호가 이런 생각을 하고 있을 때 강철두가 민봉팔의 말을 받았다.

"괜찮을 겁니다. 오히려 지금의 분위기가 〈도쿄의 가을〉을 성공으로 이끌 가능성이 높습니다. 저희가 홍보 전략으로 지금의 분위기를 이끈 것도 그래서 아니겠습니까?"

그랬다. 지금의 화제성은 사실 교진이 일부러 이끌어 낸 것이었다.

화제가 되지 않으면 〈도쿄의 가을〉이 소리 소문 없이 묻힐 수도 있다는 게 정호의 생각이었다.

'생각해 보면 이전의 시간에서도 〈도쿄의 가을〉은 이와 유사한 홍보 전략을 사용했지.'

함께 있던 카즈마도 조심스럽게 입을 열었다.

"저도 〈도쿄의 가을〉이 이 전략으로 성공하면 좋겠습니다. 개인적으로 저는 원작 만화가 있는 영화에 반대하는 입장이거든요. 원작 만화가 있는 영화는 일본이 스스로를 열도에 가둬 두는 행위라고 생각합니다."

카즈마의 말에 민봉팔, 강철두가 고개를 끄덕였다.

확실히 일본 영화계를 진지하게 걱정하는 사람들은 카즈마와 같은 의견을 내고 있었다.

물론 그렇다고 해서 그것이 꼭 옳다는 얘긴 아니었다.

정호는 이것이 일본의 문화로 자리 잡아 새로운 장르를 개척할 수 있다는 생각도 하는 중이었다.

'물론 〈도쿄의 가을〉의 성공을 위해서는 원작 만화의 영화들과 대척점에 있어야 하겠지만……'

그렇게 뜨거운 논란 속에서 〈도쿄의 가을〉이 마침내 개봉했다.

◇ ◆ ◇

개봉 첫날부터 분위기가 심상치 않았다.

〈도쿄의 가을〉은 개봉 첫날, 모든 황금 시간대의 매진을 기록하는 기염을 토해 냈다.

거기서 그치지 않고 한 주 내내 매진을 기록했으며, 심지어 예매율조차 1위를 차지했다.

자연스럽게 영화관 측에서는 상영관을 늘리자는 말이 나왔다.

수익 분배율의 조정이나 추가 대여료 납입 없이 무상으로 상영관을 늘리겠다는 제안이었다.

교진으로서는 받아들이지 않을 이유가 없었다.

그에 따라 〈도쿄의 가을〉의 전국 상영관 비율은 절반 수준까지 늘어났다.

그렇게 또 한 주가 지나갔고, 그사이 〈도쿄의 가을〉은 500만 관객을 동원했다.

엄청난 속도였다.

이 정도라면 일본 최고 기록인 2,350만을 기대해도 이상하지 않을 수치였다.

이러한 상황에 탄력을 받아 교진의 주연 배우들이 부지런하게 움직이기 시작했다.

세리자 미미, 기무라 하루, 코바야시 히로시, 우츠미 켄은 시키지도 않았음에도 열심히 일본 열도를 돌아다니며 홍보에 박차를 가했다.

방송 출연도 꾸준히 했지만, 그보다는 시사회를 직접 찾아가 관객들과 소통하는 깜짝 이벤트를 선호했다.

'이러한 깜짝 이벤트는 원작 만화가 있는 영화들과의 차이점이 될 테니깐. 실존하는 무엇인가가 있다는 감각. 이게 일본 영화계에서는 오히려 더 특별하게 통할 수밖에 없다.'

누구보다 일본 영화계를 걱정하고 있는 카즈마의 아이디어였다.

홍보 전략도 홍보 전략이지만, 카즈마는 〈도쿄의 가을〉을 통해서 일본 영화계가 한쪽 장르에 치우치지 않고 골고루 성장하길 바라고 있었다.

그런 카즈마의 마음이 통했을까.

관객들의 반응도 나쁘지 않았다.

[〈도쿄의 가을〉은 근래 내가 본 영화 중 최고였어ㅎㅎㅎ 솔직히 원작 만화가 있는 영화는 이제 질린다고ㅎㅎㅎㅎ]

[나도 걱정이 많았어. 자꾸 원작 만화가 있는 영화만

성공하니깐 일본 사람들은 전부 오타쿠라는 편견이 생긴 것 같다고 할까? 〈도쿄의 가을〉이 그런 편견을 없애 준 기분이야.]

[영화가 재미없으면 편견은 그대로 남았겠지ㅋㅋ 이건 일본인들의 착각이야ㅋㅋㅋㅋ 오타쿠를 욕할 게 아니라 〈도쿄의 가을〉처럼 재밌는 영화를 많이 만들어야 하는 거라고ㅋㅋㅋㅋ]

[전적으로 동의해! 일본인들은 오타쿠를 핑계로 자국의 문화를 비하하는 경향이 있지ㅋㅋㅋ 우린 같은 일본인 아닌가??]

[확실히 〈도쿄의 가을〉이 주는 사회적 시사점이 많아. 〈도쿄의 가을〉처럼 재미와 작품성을 모두 잡는 영화가 많이 나올 필요가 있어.]

[하지만 나는 〈해촌 다이어리〉가 〈도쿄의 가을〉에 비해 재미없었다고 생각하지 않는데?ㅋㅋㅋ 근데 왜 〈해촌 다이어리〉는 밀린 거지?ㅋㅋㅋㅋㅋ]

[〈해촌 다이어리〉는 솔직히 작품성에 더 집중된 경향이 있었어ㅎㅎ 인정하자ㅎㅎㅎ]

[인정! 〈해촌 다이어리〉에 비하면 〈도쿄의 가을〉은 친자매가 몸이 바뀐다는 설정이 재미를 배가시키고 있지ㅋㅋㅋㅋ 너무 진지한 건 좋지 않아ㅋㅋㅋㅋ 우리들의 오타쿠들은 그런 걸 좋아하지 않는다고ㅋㅋㅋ]

[괜히 오타쿠들을 끌어들이지 마. 진지하기만 한 영화를 좋아하지 않는 건 대다수의 사람들도 마찬가지라고. 게다가 어떤 사람들은 진지한 영화를 가장 재밌다고 생각하기도 해.]

[그만ㅋㅋㅋㅋㅋ 제발 우리 〈도쿄의 가을〉에 대해서만 말하자ㅋㅋㅋㅋ]

[세리자 미미, 기무라 하루 자매는 사랑입니다♥♥]

[근데 이번에는 우츠미 켄의 등장이 특히 좋지 않았음? ㅋㅋㅋ]

[맞아, 맞아ㅋㅋㅋ 우츠미 켄이 다시 로맨스로 돌아와서 좋았어ㅋㅋㅋㅋ 이게 중년의 멋이구나!ㅋㅋ]

[난 코바야시 히로시가 제일 좋던데? 여전히 잘생겼더라 ㅋㅋㅋㅋ]

[최고지ㅋㅋㅋ 교진이 이번에 진짜 제대로 된 영화를 만들었어ㅋㅋㅋㅋ]

[그러고 보니 〈도쿄의 가을〉은 교진이 만든 영화구나ㅋㅋㅋ 역시 교진의 클라스인가?ㄷㄷㄷ]

[교진이 일본에 들어와서 일본 문화가 여러모로 발전되는 기분이야! 훌륭해!]

[발전은 모르겠지만 생각할 거리를 주는 건 사실이지ㅋㅋㅋㅋ]

[컬처 필드가 아시아 전역에서 성공하는 이유를 알겠어ㅋ

ㅋㅋ 뿌리가 한국이라서 마음에 들지 않지만 인정ㅋㅋㅋㅋ]

[뿌리를 논하면서 괜히 논쟁하려고 하지 말자ㅎㅎㅎ 그냥 교진의 좋은 노래와 좋은 작품을 즐기자고ㅎㅎㅎ]

[맞는 말이야ㅋㅋ 난 교진을 있는 그대로 사랑하기 시작했어ㅋㅋㅋ]

[아닌 게 아니라 정말 호감이 가는 회사지!]

〈도쿄의 가을〉은 끊임없이 이야깃거리를 재생산했다.

그 결과, 〈도쿄의 가을〉의 성적은 계속 높아졌다.

한 달이 지나는 시점에 1,000만 관객을 돌파하더니 두 달이 되는 날에는 1,400만에 도달했다.

그에 따라 교진은 자연스럽게 영화관과의 상영 연장 계약을 맺었다.

〈도쿄의 가을〉의 상영은 앞으로 세 달간 더 이어질 예정이었다.

이 사실이 발표되자 사람들은 동요하기 시작했다.

〈도쿄의 가을〉이 정말 일본 최고 관객수 기록을 돌파할 기세였기 때문이었다.

하지만 결과적으로 〈도쿄의 가을〉은 일본 최고 관객수 기록 돌파에 실패했다.

〈도쿄의 가을〉의 최종 기록은 2,080만이었다.

일본 최고 관객수 2위에 해당되는 기록이었다.

하지만 정호는 만족했다.

'이것만으로도 엄청난 결과다. 이전의 시간에서도 〈도쿄의 가을〉은 성공했지만 일본 최고 관객수 20위권에도 들지 못했으니깐⋯⋯.'

일본 열도도 〈도쿄의 가을〉의 티켓 파워에 놀라 자빠질 것 같은 분위기였다.

〈도쿄의 가을〉이 일본 영화계를 위기에서 구해 냈다는 기사가 뜰 정도였다.

물론 그건 한쪽에 치우친 의견에 불과했다.

그저 그만큼 일본 열도가 들썩이고 있다는 데 의의가 있었다.

정호는 일본 열도의 반응을 수익으로 확인하며 확신했다.

'이제 교진은 완벽하게 안정권에 접어들었구나. 이제 여기서 내가 할 일은 없어.'

〈도쿄의 가을〉이 일본에서만 벌어들인 수익은 자그마치 317억 엔(한국 돈 3,009억 원)이었다.

수익만큼은 미야자키 하오의 영화를 꺾은 역대 일본 영화 1위의 성적이었다.

일본에서만이 아니었다.

아시아 전역에서 엄청난 수익을 얻었다.

지금까지 시장을 꾸준히 넓혀 온 결과였다.

〈도쿄의 가을〉은 일본 개봉 이후 한 달 만에 한국과 중국
에서도 다수의 상영관을 확보하여 개봉할 수 있었고 그 결
과, 총 세 개의 시장에서 수익을 거두어들이기 시작했다.

반응은 나쁘지 않았다.

한국에서는 호평을 받으며 로맨스 영화치고 좋은 결과를
냈다.

총 750만이라는 관객을 동원하는 데 성공했던 것이다.

중국에서도 마찬가지로 좋은 결과가 나왔다.

총 2,540만의 관객이 동원됐고, 관객수는 그대로 막대한 수익이 되어 돌아왔다.

'아시아 전역에서 돈을 쓸어 담았다고 해도 과언이 아니야. 컬처 필드와 더불어 교진의 명성을 아시자 전역으로 떨칠 수 있었지…….'

200억 원이라는 투자가 전혀 아깝지 않았다.

수익도 수익지만 정호는 목표했던 대로 일본에서의 입지를 굳히는 데 성공했기 때문이었다.

이제 다시 눈을 돌려야 할 때라는 걸 본능적으로 깨달은 정호가 생각했다.

'계획대로 유럽 시장 공략을 위해 영국으로 향할 때인 것 같군. 그 전에 할 일이 있지.'

정호는 회의실로 모든 인원을 소집했다.

그렇게 일본에서 동고동락하며 고생한 직원들이 한자리에 모였다.

강철두, 민봉팔, 카즈마를 비롯해 컬처 필드에서 일본으로 파견된 직원들과 교진의 직원들이었다.

그들의 면모를 찬찬히 살피며 정호가 입을 열었다.

"이제 슬슬 다른 곳으로 컬처 필드의 발을 넓힐 때가 됐습니다."

정호의 말에 직원들의 시선이 일제히 정호를 향했다.

강철두, 민봉팔, 카즈마는 그럴 줄 알았다는 눈치였고, 그 외의 직원들은 생각보다 이른 이별을 맞이했다는 듯 당황한 기색이었다.

"예상한 분들도 있고 당황한 분들도 계시는군요. 하지만 교진은 이제 일본을 넘어 아시아 전역에 영향력을 행사하는 회사로 성장했습니다. 컬처 필드의 일본 지부가 완벽하게 바로 선 것이다. 그에 따라 제가 이곳에 있을 필요는 없어졌습니다."

정호가 말을 하는 사이 이곳에 모인 사람들은 상황이 어떻게 돌아가는지 정리할 수 있었다.

그리고 정호의 말이 맞다는 걸 알았다.

정호는 이제 떠나야 할 시간이었다.

일본에 더 머물 수도 있겠지만 그보다는 새로운 곳으로 떠나 컬처 필드의 이름을 알리는 것이 더 효율적이었다.

다시 말해서 이미 개척된 일본에 정호를 붙잡고 있는 것은 그의 능력을 썩히는 것이나 다름없었다.

그렇게 사람들이 정호의 말에 납득하고 있을 때 카즈마가 아쉬움이 담긴 목소리로 말했다.

"곁에서 더 많은 걸 배우고 싶었는데 정말 아쉽군요."

정호가 카즈마의 말을 받았다.

"아쉬워할 것 없습니다. 어차피 제가 아주 떠나는 것도 아닌데요, 뭘. 그동안 카즈마가 컬처 필드의 일본 지부 '교진'

을 잘 지켜 주십시오."

그 말을 듣고 사람들은 알 수 있었다.

카즈마가 정식으로 컬처 필드 일본 지부의 지부장이자 교진의 사장이 되었음을.

물론 이것은 이미 암묵적으로 동의된 사실이었다.

교진이 설립될 당시부터 정호는 사업 파트너로 카즈마를 꼽고 있었기 때문이었다.

카즈마가 공손히 고개를 숙이며 말했다.

"감사합니다. 단순히 교진을 지키는 데 그치지 않고 지금보다 성장시킬 수 있도록 노력하겠습니다."

정호는 그런 카즈마에게 다가가 어깨를 두드려 준 뒤, 악수를 청했다.

카즈마가 정호의 손을 맞잡았다.

"잘 해낼 겁니다. 카즈마를 믿습니다."

일본 도전기를 끝내는 정호의 마지막 한마디였다.

컬처 필드의 일본 지부, 교진을 카즈마에게 맡긴 정호는 귀국하여 영국 진출의 박차를 가했다.

먼저 민봉팔을 영국으로 보내 영국 시장에 대한 조사를 시작했다.

또한 컬처 필드의 사업 파트너가 될 만한 사람을 구하는 임무도 민봉팔이 맡았다.

'아쉽게도 영국에는 미리 심어 둔 씨앗이라고 할 만한 것이 없다. 하지만 컬처 필드의 위상이 높아진 만큼 영국의 회사들에게 일부 지원을 받을 수 있겠지.'

연예계라고 해서 전부 라이벌 관계에 놓여 있는 것은 아니었다.

경우에 따라서는 협력자가 될 수도 있는 게 바로 연예계였다.

마치 컬처 필드가 소속사와 제작사를 아울러 상위 통합 브랜드로 거듭날 수 있었던 것처럼.

'씨앗이 없다면 씨앗이 될 만한 회사를 찾으면 된다. 과거에는 명성이 드높았지만 지금은 하락세를 보이고 있는 회사들이 있을 테지. 그 회사들을 규합하여 컬처 필드의 영국 지부를 세우면 될 거야.'

물론 쉽지 않은 일이었다.

먼저 막대한 자금이 필요했고 막대한 자금에 어울리는 협상력도 필요했다.

정호가 민봉팔을 영국으로 보낸 것은 그런 이유에서였다.

정호가 최초의 시간 결제를 한 이후 꾸준히 성장한 민봉팔은 자금을 활용하고 협상을 벌이는 데 있어선 정호 다음으로 인정받는 뛰어난 인재였다.

말하자면 정호로서는 가장 뛰어난 인재를 영국에 보냈다고 할 수 있었다.

'또한 컬처 필드는 이미 막대한 자금력을 갖춘 상태고. 아시아 전역에서 컬처 필드와 자금력 대결을 벌여서 이길 수 있는 회사는 아마 많지 않을 거야.'

미네르바조차도 더 이상 컬처 필드의 상대가 아니었다.

거듭되는 실패로 사성 그룹의 지원이 점차 줄어들고 있다는 소문이 돌고 있는 반면에, 컬처 필드는 중국과 일본에서 연이어 성공을 거두면서 아시아 최고가 되었다고 해도 과언이 아니었다.

특히 TG 그룹과 충쳉과 같은 거물이 투자의 양을 늘린 것도 컬처 필드의 자금력에 힘을 보탰고.

'물론 TG 그룹과 충쳉의 투자를 무분별하게 받아들일 생각은 없다. 배보다 배꼽이 더 커지면 배는 더 이상 배가 아닐 테니깐. 하지만 이로 인해 컬처 필드의 파워가 세졌다는 것은 사실이지.'

어쨌든 민봉팔은 이러한 거대 자금력을 바탕으로 자신의 뛰어난 협상력을 마음껏 뽐내며 영국을 누비고 있는 중이었다.

정호도 컬처 필드의 내부 정리가 끝나는 대로 넘어가 민봉팔을 도와 영국 지부 건립을 위한 기반을 다질 생각이었다.

'2주 정도면 내부가 정리되려나? 교진에 집중하는 사이 신경 쓸 것이 많아졌군.'

규모가 커진다고 좋은 것만은 아니었다.

특히 컬처 필드의 지부가 한국, 중국, 일본으로 퍼지면서 신경 써야 할 일이 한두 개가 아니었다.

앨범, 드라마, 영화, 광고, 화보, 홍보, 직원 복지 등 다양한 분야에서 정호의 재가가 떨어지기만을 기다리고 있었고, 당장 결정을 내려야 하는 사안만 해도 수십 건이 넘었다.

'그래도 유능한 인재들이 각 지부를 컨트롤하고 있어서 다행이야. 특히 한국 지부는 내가 없는 동안 윤 대표님과 조 대표님의 고생이 많았군.'

정 대표와 황태준 두 사람은 수시로 중국과 일본을 넘나들며 작품 준비에 매진해야 했다.

아시아 전역에서 개봉 및 방영하는 다수의 작품들을 기획에서부터 동시에 컨트롤하다 보니 정 대표와 황태준은 눈코 뜰 새도 없이 바빴다.

그런 까닭에 컬처 필드 소속 연예인들은 윤 대표와 조 대표가 적극적으로 나서서 관리해야 했으며 나아가 작품 제작 전반에도 관여해야 했다.

'그나마 음반 쪽은 유현 씨가 꽉 잡고 있어서 다행이지. 몸이 열 개인 것처럼 일을 하는 유현 씨가 아니었다면 아마도 윤 대표님과 조 대표님이 쓰러졌을 거야.'

그래도 사정은 점차 나아지고 있는 중이었다.

새롭게 인사 조치된 인재들이 업무에 적응하면서 차츰 여유가 생기기 시작한 것이었다.

황 이사나 권 이사 같이 앞서 이사로 발령받은 인재들이 새로운 인재들이 잘 끌어 주고 있는 모양새였다.

정호는 그렇게 생각을 정리하면서 마지막 보고서를 읽고 결재를 마쳤다.

'후…… 이걸로 오늘 일은 대충 마무리된 건가? 나머지는 내일 하자. 벌써 시간이 이렇게 됐네?'

강여운과 저녁 식사를 하기 위해 정호가 자리에서 일어났다.

그때였다.

한 통의 전화가 걸려 왔는데, 발신인은 예중태였다.

'설마…….'

이런 생각이 절로 들었다.

예중태에게 전화가 오면 늘 좋지 않은 일이 벌어졌던 것이 떠오른 것이다.

정호가 전화를 받아서 대뜸 이렇게 말했다.

"네, 중태 씨. 제발 저를 괴롭히는 일이 아니면 좋겠네요."

예중태가 곤란함이 느껴지는 말투로 대꾸했다.

"이런 어쩌죠…… 총 대표님을 괴롭혀야 할 것 같거든요."

정호가 휴, 하고 한숨을 내쉰 뒤 입을 열었다.

"무슨 일인가요……?"

곤란한지 어색하게 "하, 하, 하." 하고 웃은 예중태가 말했다.

"한경수가 칼을 빼 들었습니다. 한국 시장에 올인할 생각인 것 같아요."

◇ ◆ ◇

설마설마했던 일이었다.

미네르바를 향한 사성 그룹의 지원이 점점 줄고 있다는 소문이 돌고 있을 때, 정호는 이런 일이 있을 수도 있을 거라는 생각을 했다.

하지만 진짜 이런 일이 벌어질 줄은 몰랐다.

정호가 총 대표실로 찾아온 예중태와 대화를 나눴다.

"그게 사실입니까? 정말 한경수가 압박을 받고 국내로 유턴한 겁니까?"

정호의 말에 예중태가 답했다.

"그렇다고 합니다. 믿을 만한 정보 라인에 따르면, 한 회장이 주변정리를 시작했다고 합니다. 사성 그룹 내부에서 한경수를 향한 비난이 거세지자 한 회장도 결단을 내린 듯합니다."

정호가 고개를 끄덕였다.

한동철의 입장에서도 어쩔 수 없는 선택이었다는 생각이
들었던 것이다.

"압박이 한 회장, 본인을 향하기 시작한 모양이군요. 아
무리 피붙이가 좋다지만 확실히 무리하긴 했습니다. 이 정
도로 실패를 겪었으니⋯⋯."

예중태가 대답했다.

"네, 그런 이유로 한 회장이 주변을 정리했고 그게 다시
한경수에게 압박으로 돌아온 모양입니다. 한경수의 입장에
선 이제 더 이상 물러날 곳이 없어요. 이대로 국내에서 최
후의 결전을 준비해 도약의 발판으로 삼을 생각인 듯합니
다."

정호의 예상대로, 최근 한경수는 중국에서 다시 한 번 실
패를 겪었다.

충청과 함께 준비한 양 지부장의 작품이 미네르바의 신
작을 정면으로 깨부쉈기 때문이었다.

또한 중국에서 개봉한 황태준의 영화들이 연이어 성공을
거두면서 미네르바의 입지는 발 디딜 곳이 없을 정도로 좁
아졌다.

'결국 남은 곳은 국내뿐이었겠지. 국내에서 역량을 총동
원할 생각인 건가?'

정호의 생각대로였다.

한경수는 음반, 영화, 드라마 시장에서 동시다발적으로 성과를 내서 컬처 필드를 몰아붙일 생각이었다.

정호가 그런지 묻자 예중태가 대답했다.

"그렇겠죠. 그것만이 살길일 테니까요. 영국 진출을 고려하고 있는 가운데 곤란하게 됐습니다."

예중태는 정말 곤란하다는 표정을 지었다.

하지만 정호는 아무렇지도 않은 듯 싱긋 웃으며 말했다.

"걱정할 거 없습니다. 이미 미네르바를 막을 방법을 준비했습니다."

예중태가 깜짝 놀라며 물었다.

"그게 정말입니까?"

예중태의 물음에 정호가 입을 열어 대답했다.

4장. 컬처 카드

　"물론이죠. 하지만 그 전에 우선 영국 시장 진출 얘길 안
할 수가 없네요. 영국 시장 진출은 민 이사에게 맡기겠습니
다. 조금 힘들긴 하겠지만, 민 이사라면 분명 활로를 찾아
낼 겁니다."

　정호는 민봉팔을 믿었다.

　민봉팔이라면 영국 시장에서의 기반을 확실히 다져 놓을
것이 분명하다고 생각했다.

　'단지 내가 합류했을 때보다 그 시간이 조금 지체될 뿐
이겠지…….'

　정호가 잠깐 딴생각을 하는 사이 예중태가 입을 열었다.

"미네르바를 정리한 뒤 영국 시장 진출을 노릴 생각이시군요. 확실히 민 이사님이라면 미네르바가 정리되기 전에 영국 시장의 활로를 열 것입니다."

정호가 고개를 끄덕이며 답했다.

"그럴 겁니다. 이제 미네르바를 상대할 방법을 얘기할 차례군요."

예중태가 바싹, 정호 쪽으로 몸을 기울였다.

어떤 방법으로 미네르바를 상대할지 무척이나 궁금한 눈치였다.

물론 어느 정도 예상이 가긴 했다.

총공세를 펼치는 미네르바를 상대하려면 컬처 필드도 총공세에 나서야 한다고 생각했기 때문이었다.

예중태가 속으로 생각했다.

'음반, 영화, 드라마 모든 방면에서 정면 대결을 펼치겠지. 어떤 노래와 작품을 준비하신 걸까? 무엇을 준비하셨기에 저렇게 자신만만하신 걸까?'

궁금증이 높아져만 갈 때 정호가 말했다.

"예전부터 생각해 오던 일이었습니다. 회만 예술 마을과 홍대 예술 마을을 세우고 컬처 필드를 발족시키면서부터 그려 온 그림이었죠. 결론부터 말씀드리자면 미네르바를 맞서기 위해 새로운 음반, 영화, 드라마는 만들지 않겠습니다."

예중태가 놀라며 물었다.

"네? 그럼 어떻게 미네르바를……."

미소를 지으며 정호가 대답했다.

"어차피 음반, 영화, 드라마는 지금으로서도 충분합니다. 국내에서 유현 씨의 음반보다 좋은 음반은 없고, 정 대표님의 영화보다 좋은 영화는 없으며, 태준이의 드라마보다 좋은 드라마는 없다는 게 제 생각입니다. 다시 말해서 컬처 필드가 지금처럼만 하면, 미네르바가 어떤 총공세를 펼친다 한들 무난히 막아 낼 수 있다는 뜻이죠."

예중태가 반론을 펼쳤다.

"저도 총 대표님의 의견에 동의합니다. 하지만 한경수가 단순하게 총공세를 펼칠 거라고 생각하지 않습니다. 분명 더러운 술수를 사용하겠죠. 마지막이니만큼 한경수와 결부되었다고 소문이 난 암흑가의 손도 빌릴 테고요. 그렇게 된다면 더 이상 순수한 실력만의 문제가 아니게 될 겁니다."

일리가 있는 말이었기 때문에 정호가 동의했다.

"맞습니다. 실력만의 문제가 아니겠죠. 그래서 제가 준비한 방법은 실력에 관한 것이 아닙니다. 제가 준비한 방법은 바로…… 컬처 카드입니다."

갑작스럽게 튀어나온 단어에 놀라 예중태가 반문했다.

"네? 컬처 카드요?"

그리고 정호는 예중태의 반문을 예상했다는 듯 차근차근 컬처 카드가 무엇인지 설명하기 시작했다.

동시에 예중태의 눈이 점점 커져 갔다.

◇ ◆ ◇

컬처 카드는 컬처 필드의 발족과 함께 정호가 떠올린 아이디어였다.

컬처 필드의 소속된 회사는 다음과 같았다.

청월, 힛 엔터테인먼트, 뉴 아트 필름, 프롬 프로덕션, MBS.

이외에도 교진이나 중국 지부 등이 있었지만 이 둘은 컬처 필드의 해외 지부라고 보는 것이 옳았기 때문에 컬처 필드에 소속된 회사는 크게 이 다섯 곳이라고 봐야 했다.

그리고 이 다섯 곳의 회사가 합쳐지면서 컬처 필드는 예술가, 예술 제작, 예술 전시가 자체적으로 가능해졌다.

음악을 예를 들자면, 컬처 필드에는 노래를 부를 가수가 있었고, 노래를 만들어 줄 작곡가가 있었으며, 노래를 틀어 줄 방송사가 있었다.

다시 말해서 컬처 필드 홀로 북 치고, 장구 치고, 상모까지 돌릴 수 있다는 얘기였다.

심지어 이 모든 게 가능한 건 영화나 드라마도 마찬가지였다.

'하지만 이게 끝이 아니지.'

컬처 필드에는 홍대 예술 마을과 회만 예술 마을도 있었다.

그건 컬처 필드가 예술 전반에서 음반, 영화, 드라마와 같은 힘을 발휘할 수 있다는 뜻이었다.

어떤 예술 분야라도 해당 예술가가 두 곳의 예술 마을에 살고 있기만 하다면 두 곳의 예술 마을이라는 문화 공간에서 전시를 진행할 수 있었기 때문이었다.

'결국 컬처 필드는 모든 것을 갖추고 있다고 해도 과언이 아니다. 단 하나, 이 모든 것을 소비할 사람들만이 컬처 필드에 소속되어 있지 않지…….'

그랬다.

컬처 필드에게 단 한 가지 부족한 것은 바로 컬처 필드에서 생산된 물건을 구매할 '소비자'였다.

그리고 정호는 이러한 부분을 보완하기 위해 컬처 카드라는 것을 생각해 냈다.

정호가 사람들을 모아 놓고 여기까지 설명했다.

사람들의 반응은 가지각색이었다.

정호의 아이디어에 놀라 입을 떡 벌리는 사람이 있는가 하면 맥락을 따라잡지 못한 채 어리둥절해하는 사람도 있었다.

그런 사람들을 찬찬히 살펴보며 미소를 지어 보인 정호는 말을 이었다.

"아마 아직은 감이 잡히질 않을 겁니다. 컬처 카드라는 것이 어떻게 컬처 필드에게 부족한 '소비자'를 확보하게 하는 수단인지 이해하기도 힘들 것이고요. 하지만 컬처 카드의 세 가지 기능에 대해서 듣는다면 생각이 달라질 겁니다."

정호가 생각해낸 컬처 카드는 기능은 크게 세 가지였다.

충전 적립 시스템, 할인 혜택, 추가 포인트 시스템.

"먼저 컬처 카드는 컬처 필드에서 생산되는 모든 예술·문화의 결과물을 영위하는 데 사용되는 충전형 카드입니다. 복잡한 충전 절차를 거치지 않고, 카드와 연동되는 계좌에 돈을 입금하면 현금처럼 사용할 수 있는 카드죠. 마치 체크카드와 동일하게 말이죠. 이때 컬처 카드의 첫 번째 기능이 발생합니다. 사람들은 돈을 컬처 카드에 이체하는 순간, 컬처 포인트가 추가로 적립되는 것을 눈으로 확인할 수 있거든요."

정호의 말을 듣고 사람들이 일제히 아, 하는 감탄사를 내뱉었다. 이 순간 컬처 카드가 어째서 소비자 확보에 도움을 주는 물건인지 알아차렸기 때문이었다.

정호가 계속 말을 이었다.

"컬처 포인트는 컬처 필드에서 생산되는 모든 예술·문화의 결과물을 소비할 때 현금처럼 사용됩니다. 물론 이 컬처 포인트는 인출할 수 없습니다. 또한 돈을 인출하거나 이체하면 그에 해당되는 컬처 포인트도 사라집니다. 그런 까닭에 오로지 컬처 필드의 예술품을 구입할 때만 현금처럼 사용할 수 있죠."

사람들이 고개를 끄덕이며 감탄했다.

확실히 이러한 기능만으로도 컬처 필드의 예술품에 대한 소비가 전체적으로 증가할 거라는 생각이 들었던 것이다.

하지만 컬처 카드의 기능은 이게 끝이 아니었다.

"그뿐만 아닙니다. 컬처 카드는 컬처 필드의 모든 예술품을 소비할 때마다 일정한 할인을 제공합니다. 할인율은 3% 내외지만, 그것만으로도 소비자는 자신이 합리적인 구매를 하고 있다고 느낄 겁니다. 심지어 거기서 그치지 않고 결제를 할 때 컬처 카드에는 포인트까지 적립됩니다. 할인을 받는 동시에 현금으로 사용할 포인트까지 얻을 수 있는 것이죠."

획기적인 아이디어였다. 정호가 설명한 세 가지 기능은 컬처 필드의 예술품을 소비할 때 반드시 컬처 카드를 사용해야 된다는 느낌을 들게 했다.

심지어 컬처 카드는 기존의 체크카드처럼 다른 상품을 구입할 때도 쓸 수 있었다.

물론 이때 컬처 포인트를 사용할 수는 없었지만.

'컬처 카드는 컬처 필드에서 생산되는 모든 예술·문화의 결과물을 합리적으로 소비할 수 있게 도와주는 도구다. 이 도구를 사용함으로써 사람들은 컬처 필드에 소속됐다는 소속감도 덩달아 느낄 수 있지.'

하지만 컬처 카드는 순기능만 있는 것이 아니었다.

우려되는 부분도 분명히 존재했다.

정호의 설명을 잠자코 듣고 있던 강철두가 질문했다.

"이 부분을 짚고 넘어가지 않을 수 없군요. 컬처 카드를 사용해서 얻어지는 할인 혜택과 포인트 혜택의 정산은 누가 해 줍니까?"

정호가 나올 질문이 나왔다는 듯 대답했다.

"저희 컬처 필드가 해 줍니다."

강철두가 이어서 물었다.

"그래서 남는 게 있습니까? 수치를 최소한으로 잡으면 할인 혜택과 포인트 혜택을 실감하지 못할 테고, 그렇다고 너무 높게 잡으면 오히려 컬처 필드는 적자만 볼 텐데요?"

정호가 고개를 저으며 대답했다.

"꼭 그렇지만도 않습니다. 물론 성적이 저조한 음반, 영화, 드라마 등의 경우에는 간신히 적자만 면하는 결과가 나오겠죠. 하지만 성공한 결과물 한두 개로 그 부분은 충분히 충당할 수 있다고 생각합니다. 〈퍼스트 어게인〉, 〈태양의 후계자〉, 〈레드, 월스트리트〉로 벌어들인 수입을 생각해 보십시오. 할인 혜택과 포인트 혜택으로 과연 컬처 필드가 적자를 볼까요?"

몇몇 사람들이 고개를 저었고 강철두도 정호의 의견에

동의하며 물러났다.

확실히 큰 그림을 보고 생각한다면 컬처 카드는 적자가 아닌 흑자를 낼 것이 분명했다.

설사 정호가 언급한 세 개의 작품이 아니어도, 컬처 필드에 기록적인 흑자를 제공하는 작품은 차고 넘쳤기 때문이었다.

상황을 지켜보고 있던 정 대표가 고개를 끄덕이며 말했다.

"컬처 카드라…… 확실히 좋은 아이디어군. 적절한 광고를 통해서 컬처 카드의 효용성을 알리고 이미지 메이킹만 잘 해낸다면, 컬처 필드의 작품을 영유하는 소비자층이 증가할 가능성이 높아."

정 대표에 이어 너 나 할 것 없이 긍정적인 의견을 냈다.

강철두 또한 적자가 나지 않는 상황이라면 컬처 카드의 효용성을 인정하지 않을 수 없다는 발언을 했다.

정호가 자신의 의견이 받아들여진 것에 대해 흐뭇한 미소를 지으며 말했다.

"아직 완벽하게 다듬어지지 않은 곳이 많은 전략입니다. 여기 계신 분들께서 도와주셔서 컬처 카드를 멋지게 세상에 내보내게 되었으면 좋겠습니다."

◇ ◆ ◇

컬처 카드라는 아이디어가 제안되고 나서 컬처 필드의 직원들은 바쁘게 움직였다.

컬처 카드의 혜택은 정해졌지만, 어떤 형태로 어떻게 나갈지는 아직 정해지지 않았기 때문이었다.

게다가 컬처 카드를 미네르바 총공세의 대항마로 내세우기 위해서는 정호의 말대로 전략을 다듬을 곳이 많았다.

또한 미네르바에 맞상대할 음반, 영화, 드라마도 순조롭게 제작되어야 했다.

그렇게 한 달이라는 시간이 흘렀고 컬처 카드에 대해서 다음과 같이 정리됐다.

1. 계좌만 있으면 은행(총 열 곳의 은행과 협약)에서 컬처 카드를 만들 수 있다.

2. 컬처 카드를 홍보하기 위한 적절한 TV 광고를 내보낸다. 이때 사용될 광고 문구는 '문화와 예술이 당신과 함께합니다. 컬처 카드.' 이다.

3. 컬처 카드 앱을 만들어 배포한다. 남은 컬처 포인트를 표시하는 것은 물론이고 컬처 필드의 작품이 현재 무엇이 있고 그 작품을 어디서 구입할 수 있는지 한눈에 볼 수 있게 도와준다. 지속적인 이벤트도 있을 예정.

4. 새로운 음반, 영화, 드라마 등에 한해서 컬처 포인트를 추가 제공하는 런칭 이벤트를 포함시킨다. 드라마의 경우 OST 앨범에 혜택 적용.

5. 컬처 포인트의 총량에 따라서 콘서트 및 영화 티켓을 제공하며, 팬사인회 추첨에서도 우선순위를 확보할 수 있다.

매니지먼트 제왕

5장. 대망의 출시

정호와 직원들이 컬처 카드를 세상 밖에 내보이기 위해 노력하고 있는 사이, 미네르바가 본격적인 총공세를 가하기 시작했다.

먼저 드라마 쪽에서 미네르바가 기지개를 켰다.

매일 하루도 빠짐없이 자신들의 드라마가 방영될 수 있도록 편성권을 따내면서도 드라마 시장 점유율이 30%대를 넘지 않게 조절한 미네르바는 약간의 시간차를 두고 다섯 편의 드라마를 동시에 선보였다.

다섯 편의 드라마는 다음과 같았다.

월화 드라마 〈영입의 신〉, 수목 드라마 〈기사님, 기사님〉,

금토 드라마 〈마지막 팬클럽〉, 토일 드라마 〈사랑의 브리핑〉,
일일 드라마 〈은은한 제비꽃〉.

드라마의 제목이 나온 걸 보고 정 대표가 상당히 놀란 표
정을 지으며 말했다.

"허? 〈사랑의 브리핑〉이라면 서 작가가 2년 넘게 골방에
틀어박혀서 준비한 작품인데 어떻게 이걸 가져온 거지? 이
번에는 미네르바가 진짜 단단히 마음을 먹었군. 정말 만만
치 않겠어."

일주일 내내 드라마 방영이 가능하게 편성을 한 것도 놀
라운 일이었다.

심지어 미네르바는 다섯 편의 드라마 중 어느 것도 소홀
히 하지 않았다.

드라마에 붙여진 연출가와 작가가 모두 최고 수준이었기
때문이었다.

정 대표가 언급한 서 작가의 〈사랑의 브리핑〉만이 아니
었다.

나머지 네 작품도 이미 서너 차례 성공을 맛본 연출가와
작가의 작품이었다.

결국 미네르바는 다섯 편의 드라마가 전부 결정타가 될
수 있도록 안배를 한 셈이었다.

정 대표가 이어서 말했다.

"뿐만이 아니라 캐스팅된 배우들도 장난이 아니야. 미네

르바에 소속된 배우들도 전체적으로 수준이 높지만 외부에서 데려온 배우들의 이름값도 대단해. 늘 자기 배우들만 끼고 돌아서 다른 소속사들의 불만이 많았는데 그 불만을 잠재우는 동시에 캐스팅의 우위도 가져가겠다는 생각이로군."

지금껏 컬처 필드가 미네르바를 순조롭게 견제할 수 있었던 이유 중에는 미네르바가 '공통의 적'이라는 부분이 있었다.

한경수는 코끼리팩토리 시절부터 독선적이면서도 더러운 수술을 마다하지 않는 스타일로 영향력을 발휘했고, 그게 미네르바까지 이어지면서 연예계 관련 회사 전반의 질타를 받았던 것이다.

'그런데 다른 소속사의 배우들을 캐스팅하며 화해의 제스처를 취한다? 적을 아군으로 만들어 기세를 높이려는 수작인 거지.'

정호가 생각을 정리하는 사이 정 대표가 물었다.

"어떻게 할까?"

정호가 반문했다.

"현재 저희가 진행 중인 드라마는 월화랑 금토가 있죠?"

한 차례 고개를 끄덕인 정 대표가 대답했다.

"응. 〈따끈따끈 얼그레이〉랑 〈수호자〉. 둘 다 시청률이

10%대 초반이라서 신작이 들어오면 시청률을 뺏길 가능성이 있어."

확실히 10% 초반이라면 안정권은 아니었다.

좋은 작품이 들어오면 후반부에서 밀릴 가능성은 충분히 있었다.

"요즘 쉬고 있는 여운이한테 카메오 출연 부탁해서 최대한 시청률 방어해 보도록 해요. 그리고 저희도 편성 빠르게 받아서 수목 드라마, 토일 드라마, 일일 드라마도 방영하도록 하죠. 월화 드라마랑 금토 드라마 끝나면 바로 신작 이어갈 수 있게 조처도 하고요."

정호의 말에 정 대표가 머릿속으로 계산을 돌렸다.

충분히 가능하다는 계산이 나왔는지 밝은 목소리로 대답했다.

"오케이. 걱정하지 마. 미네르바 따위는 내가 정면으로 부숴 줄게."

미네르바의 총공세는 이게 끝이 아니었다.

컬처 카드 출시 일주일 전, 미네르바는 대형급 가수들을 일제히 컴백시켰다.

언제나 음원 차트를 줄 세우기 하는 보이 그룹만을 컴백시킨 것이 아니었다.

떴다 하면 2, 3위를 굳건하게 지키는 발라드 가수와 5, 6위를 안전하게 마크할 수 있는 걸 그룹도 동시에 앨범을 발매했다.

뿐만 아니라 7, 8위가 기대되는 중고 신인과 9, 10위에 도전할 수 있는 생짜 신인 아이돌 그룹까지 대대적으로 마케팅했다.

컬처 필드의 음반 분야를 꽉 잡고 있는 한유현이 혀를 내둘렀다.

"음원 차트의 1위부터 10위까지를 자신들의 노래로 꽉 채우겠다는 의지가 엿보이는군요. 만약 컬처 필드가 대형 아이돌을 컴백시키면 분명 뒤쪽으로 물러나는 가수들도 있을 텐데……."

한유현의 말대로 컬처 필드에서 지킬이나 하이드만 컴백시켜도 음원 차트 1위를 두고 경쟁을 벌이기 때문에 미네르바의 가수들은 전체적으로 순위가 밑으로 내려앉을 가능성이 있었다.

그렇게 되면 자연스럽게 중고 신인과 생짜 신인 아이돌 그룹은 순위권 밖으로 물러나 다시 한 번 큰 실패를 맛볼 것이 분명했다.

'워낙 변수가 많은 음반 시장이니깐. 굳이 컬처 필드가 아니어도 4위부터 10위까지는 충분히 도전할 만한 가수들이

많다. 그 가수들이 앨범을 내면 미네르바의 신인들은 좌절만을 맛보겠지.'

어떻게 보면 한경수다운 전략이라고 할 수 있었다.

10위권 내에 최대한 많은 가수들을 진입시켜 미네르바의 입지를 다시 한 번 확인시키겠다는 생각이 엿보였기 때문이었다.

한유현이 말했다.

"심지어 최근 음원 차트 순위를 치고 올라오는 가수들을 영입하려고 미네르바가 기를 쓰고 있다는 소문이 돌고 있습니다. 얼마가 들든 상관없이 계약 해지까지 불사하여 가수들을 데려오려 하고 있고, 이미 몇몇 가수들이 사인까지 끝마친 상태라고 하더군요. 드라마나 영화 등 배우의 수급이 필요한 '배우 쪽 소속사'는 끌어안고 음반 시장에서 무한 경쟁을 벌이는 '가수 쪽 소속사'는 버린다는 전략인 거 같습니다."

보통 소속사마다 색깔이 있었다.

어떤 시스템을 구축했냐에 따라서 배우가 많은 배우 쪽 소속사가 되기도 하고 가수가 많은 가수 쪽 소속사가 되기도 했다.

그리고 한경수는 공생할수록 이익이 커지는 배우 쪽 소속사는 끌어안고 공생이 거의 불가능한 가수 쪽 소속사는 버릴 생각이었다.

'언제 더러운 술수를 써도 이상하지 않을 거라고 생각했지만 이런 식으로 나오다니…… 뿐만 아니라 최근에는 블루 도넛을 위협하기도 했다지?'

최근 컬처 필드의 가수 중 활발히 활동하고 있는 가수는 블루 도넛뿐이었다.

그런데 이 블루 도넛이 스케줄 이동 중 의문의 검은 차량에 둘러싸이는 일이 있었다고 한다.

아무런 공격도 없이 한 시간 내내 둘러싸기만 한 사건이었지만, 블루 도넛 멤버들 입장에서는 겁을 먹기에 충분한 일이었다.

그런 행동만으로도 충분히 위협이 됐기 때문이었다.

정호가 그 부분은 어떻게 대처했는지 한유현에게 물었다.

한유현이 고개를 절레절레 저으며 대답했다.

"일단 경찰에 신고를 했는데 경찰 쪽에서도 신원이 불확실한 인원들이라 체포하기가 어렵다고 하더라고요. 차량도 전부 대포 차량이었고요. 그래도 경찰한테 최대한 협조해 달라고 부탁했습니다. 그런 뒤 추가로 경호 인력을 붙였고 차량이 세 대씩 함께 움직이도록 조처했습니다."

추가적으로 정호가 질문했다.

"블루 도넛 멤버들의 반응은 어때요?"

한유현은 한 차례 웃어 보인 후 대답했다.

"워낙 록 스피릿이 살아 있는 친구들이라 별걱정 없습니다.

오히려 웃기다며 사진까지 찍었더군요. 채아가 SNS에 사진을 올리겠다고 해서 말리느라 혼났습니다."

정호가 고개를 끄덕이며 말했다.

"그랬군요. 그럼 그냥 채아한테 사진을 올리라고 말하세요. 오히려 그게 신변의 위협에서 보호받을 수 있는 방편일 겁니다. 팬들이 지켜보고 있다는 인상을 주는 거죠. 또 음반 시장은 지금처럼 컴백과 데뷔 시기를 유지해 주세요. 괜히 미네르바에 휘말렸다가는 치킨 게임이 벌어질 수도 있습니다."

한유현이 정호의 말에 동의했다.

"아무래도 그렇겠죠. 그럼 지금까지와 마찬가지로 대형급 가수와 신인급 가수가 공존하는 형태로 컴백과 데뷔 시기를 유지하겠습니다."

"네, 그렇게 해 주세요. 다음 주에 지킬의 컴백과 함께 플래티나가 데뷔를 하죠?"

플래티나는 힛 엔터테인먼트에서 쭉 연습생 생활을 해 온 신인 여가수였다.

힛 엔터테인먼트의 조 대표가 주아(JOOA)를 잇는 아시아의 별이라며 한껏 치켜세우고 다니는 기대주이기도 했다.

바쁜 와중에도 신인의 데뷔까지 꼼꼼하게 챙기는 정호에 만족스러워하며 한유현이 대답했다.

"맞습니다."

"잘 부탁드리겠습니다. 특히 플래티나에 신경을 많이 써 주세요."

미소를 지은 뒤 한유현이 입을 열었다.

"걱정 마세요. 플래티나를 돕겠다고 유나랑 서연이까지 나서서 특별 무대를 꾸미고 있거든요."

처음 듣는 얘기에 정호가 눈을 동그랗게 떴다.

담당 매니저인 정호를 닮아 역시 후배 사랑이 남다른 밀 키웨이 멤버들다웠다.

◇ ◆ ◇

영화 쪽은 여러모로 준비할 것이 많아서 그런지 아직 미 네르바로부터 이렇다 할 소식이 없었다.

다만 굉장한 투자 규모의 블록버스급 영화가 나온다는 얘기가 연예계에 쉬쉬하며 퍼졌다.

하지만 컬처 필드는 별다른 제스처를 취하지 않았다.

어떤 블록버스트급 영화라고 해도 정호는 황태준이 미네 르바를 충분히 상대할 거라 믿고 있었다.

'특히 후트 셔젤과 함께 태식 씨 주연의 영화를 찍고 있 는 게 크지. 할리우드에서 동시 개봉될 〈도넛 캘린더〉는 태 식 씨의 이름을 널리 알릴 대작이 될 거다.'

〈도넛 캘린더〉는 천재 감독으로 불리는 후트 셔젤의

세 번째 작품이었다.

원래 이 작품에는 동양인 캐릭터가 등장하지 않지만 〈레드, 월 스트리트〉에 영향을 받은 후트 셔젤이 동양인 캐릭터를 주연으로 내세웠다.

그리고 그 역할을 박태식이 따냈고.

'이번 기회에 태식 씨가 세계적인 명성을 떨칠 수 있었으면 좋겠군. 이전의 시간에서도 잘된 영화니깐 분명 좋은 결과가 있을 거다.'

어쨌든 그런 와중에 컬처 카드가 드디어 출시됐다.

출시 한 달 전부터 광고를 만들어 뿌렸기 때문에 반응은 즉각 나타났다.

전국의 지점이 떠들썩해질 정도로 많은 사람들이 컬처 카드를 만들기 위해 은행을 찾았다.

심지어 너 나 할 것 없이 컬처 카드를 만들었다는 인증샷을 올리는 바람에 해당 사진으로 SNS가 뒤덮일 정도였다.

[디자인의 승리, 컬처 카드! 너무 예쁘다ㅎㅎㅎ]

[대박?ㅋㅋㅋ 카드가 왜 이렇게 예쁨?ㅋㅋㅋㅋ]

[기능보다는 디자인? 나도 카드 만들었다!ㅋㅋㅋ]

[기능까지 알차다고 적어야 하는 게 맞겠지?ㅋㅋㅋㅋ]

[생각해 보면 나는 그냥 컬처 필드였다……. 매일 아침 컬처 필드의 노래를 들으며 출근했고, 저녁이면 시간 맞춰 컬처 필드의 드라마를 봤고, 주말이면 한 손에 팝콘을 들고 컬처 필

드의 영화 티켓을 끊었다……. 결국 컬처 카드는 운명……!]

[완전 동감ㅋㅋㅋㅋ 이런 카드가 미리 나왔으면 나는 진즉에 돈을 아껴서 저축할 수 있었을 텐데ㅋㅋㅋㅋ]

[카드가 있었어도 저금은 안 했을걸?ㅋㅋㅋㅋ]

[맞아ㅋㅋㅋ 하지만 카드가 있음에 안심ㅋㅋㅋ]

[그런데 어떻게 이런 생각을 했을까?ㅋㅋㅋㅋ 캐릭터랑 디자인이랑 너무 잘 매치돼ㅋㅋㅋ]

[여러분 카라오뱅크에서 컬처 카드를 만드세요!ㅋㅋㅋ 새로운 이모티콘을 줍니다!ㅋㅋㅋ]

[이모티콘이 탐나긴 하지만 그냥 자주 쓰는 통장으로 컬처 카드 만드는 게 나은 듯ㅇㅇ]

[맞아ㅋㅋㅋ 그게 효용성이 있지ㅋㅋㅋㅋ 게다가 어떤 은행으로 만들어도 카라오 프랜즈 캐릭터가 매치된 컬처 카드가 나오니깐ㅋㅋㅋㅋ]

[어떻게 된 게 그냥 카라오뱅크 체크카드보다 컬처 카드가 더 예쁘냐?ㅋㅋㅋㅋ]

[근데 그래도 상관없을걸?ㅋㅋㅋ 내가 알기로 컬처 필드 쪽에서 캐릭터 사용료 낸다고 하던데?ㅋㅋㅋㅋ]

[당연히 내겠지ㅋㅋㅋ 심지어 카드 발급량에 따라서 금액을 차등 지급한다는 내용의 기사도 저번에 떴음ㅋㅋㅋㅋ]

[그럼 적자 아님?ㅋㅋㅋ]

[적자겠냐?ㅋㅋㅋㅋㅋ]

그랬다.

컬처 카드가 사람들에게 폭발적인 인기를 얻고 있는 이
유는 바로 카라오와의 디자인 연계 때문이었다.

매니지먼트

6장. 진정한 승자

제왕

우연히 나온 아이디어였다.

정리된 다섯 개의 사안을 보고 정호는 왠지 뭔가가 부족한 느낌이 들었다.

정호가 속으로 생각했다.

'임팩트를 줄 만한 요소가 결여된 느낌인데…… 혜택에 관심이 없더라도 한 번쯤 카드를 만들고 싶다는 생각을 갖도록 유도할 수 있다면 참 좋을 것 같은데…… 결정적 한 방이 없을까……?'

그러다가 번쩍, 한 가지 일이 떠올랐다.

그것은 바로 '카라오뱅크 체크카드'였다.

이전의 시간에서도, 이번의 시간에서도 카라오뱅크 체크카드는 선풍적인 인기를 끌었다.

다른 이유 때문이 아니었다.

카라오뱅크 체크카드의 프린트된 카라오 프랜즈 캐릭터가 시선을 잡아끈 것이 선풍적인 인기의 이유였다.

정호는 이러한 사실에 주목했다.

'제품의 효용성보다 중요한 건 소비자들의 소유욕을 이끌어 내는 것이다. 카라오는 이러한 사실을 잘 이용하여 카라오뱅크의 혜택보다는 체크카드의 디자인 홍보에 주력했지. 덕분에 많은 사람들이 카라오뱅크 체크카드를 발급받았고, 귀엽고 예쁜 디자인에 이끌렸던 이들이 카라오뱅크의 편리함에 빠져들었던 것이고.'

정호도 이 점에서 자신이 있었다.

컬처 카드를 만들어서 써 볼 수 있게만 한다면 많은 고객을 유치할 자신이 있다는 뜻이었다.

특히 컬처 필드의 음악, 드라마, 영화를 즐기는 사람들이 컬처 카드를 써 본다면 그 편리함을 충분히 실감할 수 있었다.

그리고 국내의 인구 중 약 절반 정도가 컬처 필드의 예술품을 영유하고 있다는 통계 결과가 존재했다.

〈레드, 월 스트리트〉가 1,850만, 〈룰루랜드〉가 1,800만의 관객을 동원했다는 것만으로도 대충 추산할 수 있는 통계 결과였다.

'IPTV로 재생된 횟수까지 따지면 절반을 훌쩍 넘어가
지. 심지어 컬처 필드의 예술품은 영화만 있는 게 아니다.
음악, 드라마까지 합친다면 절반이라는 수치가 우스워질
정도야. 생각해 보면 〈태양의 후계자〉의 시청률도 54.4%
였어.'

이게 정호가 자신만만한 이유였다.

이 정도로 컬처 필드의 예술품을 즐기는 사람들이 많은
데 접근성이 높고 사용 방법이 간단한 컬처 카드를 써 보고
편리하다고 느끼지 않을 사람은 없을 것이 분명했다.

다만 컬처 필드가 진짜 편리한지 직접 써 보게 하는 것이
조금 힘들 뿐이었다.

'캐릭터를 활용하여 하나쯤 꼭 소장하고 싶은 아이템으
로 만든다는 발상은 좋다. 하지만 아쉽게도 컬처 필드에는
카라오 프랜즈에 비견할 만한 캐릭터가 없어.'

그렇다면 방법은 하나였다.

카라오 프랜즈를 컬처 카드에 새기는 것.

◇ ◆ ◇

카라오와의 협상은 어렵지 않았다.

카드 발급 횟수만큼 카라오 프랜즈의 사용료를 지급하고,

카라오가 벌이는 사업 콘텐츠에 컬처 필드의 예술품을 낮은 저작권료로 이용할 수 있도록 해 주는 것이 카라오 측의 요구 사항이었다.

나아가 카라오의 대표는 컬처 필드와의 협업도 은근히 바라는 눈치였지만 정호가 모른 척했다.

아직 그 부분은 시기상조라고 여겼기 때문이었다.

'카라오는 많은 사업을 시도하여 성공으로 이끌었지만, 실패를 했을 때 과감하게 그 사업을 폐기했어. 기업이라면 당연히 취해야 할 태도일 수도 있지만 괜히 카라오와 협업을 했다간 하나의 콘텐츠 취급을 받을 수도 있고. 컬처 필드는 사람을 우선시하는 문화와 예술의 회사다. 방향도, 눈코도 없는 돈이라는 괴물에게 사람이 잡아먹힐 가능성은 우선적으로 배제해야 돼.'

어쨌든 그렇게 카라오 프랜즈만 컬처 카드에 사용하는 쪽으로 방향이 잡혔다.

그리고 그 결과는 컬처 카드의 출시와 함께 즉각적으로 나타났다.

굳이 쓰지 않더라도 컬처 카드를 만드는 것이 유행처럼 번져 갔기 때문이었다.

특히 카라오뱅크만이 아니라 전국의 은행에서 카라오 프랜즈가 프린트된 컬처 카드를 발급받을 수 있게 한 것이 신의 한 수였다.

처음에는 호기심으로 컬처 카드를 발급받은 사람들이 효용성을 높이기 위해 자주 사용하는 계좌에서 컬처 카드를 발급하도록 종용했던 것이다.

[선발대입니다!ㅎㅎ 무조건 컬처 카드는 자주 사용하는 계좌로 발급받으세요ㅎㅎㅎㅎ]

[진짜 무조건임ㅋㅋㅋ 생각보다 쓸데가 무척이나 많기 때문에 계좌이체만으로 컬처 포인트가 적용될 수 있도록 자주 쓰는 계좌에 넣는 게 개꿀임ㅋㅋㅋ]

[제 월급 통장이 컬처 카드 발급받은 계좌인데 장난 아니에요ㅋㅋㅋㅋ 월급 들어오자마자 컬처 포인트가 같이 충전되고 그걸로 음악 듣고 영화 보고 드라마 다시보기 결제하면 됩니다ㅋㅋㅋㅋ]

[컬처 포인트로 드라마 다시보기 결제도 되나요?ㅋㅋㅋ 또 TG 것만 되는 거 아닌가요?ㅋㅋㅋㅋ]

[아닙니다ㅋㅋ 다 됩니다ㅋㅋㅋ TG의 티플러스 티비가 컬처 포인트 반환 제일 많이 해 주긴 하는데, SSKT의 에스 티비랑 KKT 퀵 티비도 포인트 결제되고 소정의 컬처 포인트도 반환해 줍니다ㅋㅋㅋ 물론 컬처 필드의 드라마에 한해서ㅋㅋㅋㅋ]

[확실히 컬처 카드 효용성이 대단함ㅋㅋㅋ 컬처 카드로 편의점에서도 할인받을 수 있음ㅋㅋㅋ]

[그건 은행마다 다릅니다ㅋㅋㅋㅋㅋ 원래 되던 편의점에서

그냥 되는 거예요ㅋㅋㅋㅋ]

[컬처 포인트 적립은 편의점에서 은행 상관없이 다 되던데?ㅋㅋㅋ]

[ㅇㅇ적립되는 양이 굉장히 적지만 적립되긴 함]

[평소 제스터 옷이랑 화장품 자주 사시는 분들은 컬처 카드 활용을 적극 추천ㅋㅋㅋㅋ 컬처 카드로만 할인받을 수 있는 신상이 있음ㅋㅋㅋㅋ]

[아ㅋㅋㅋ 내가 아는 사람도 추가 할인받고 컬처 포인트 써서 롱패딩 8만 원에 샀다고 자랑하더라ㅋㅋㅋㅋ]

[헐? 그게 가능함? 제스터 롱패딩 16만 원 아님?]

[제스터 롱패딩 가성비 갑인데ㄷㄷㄷ]

[다 필요 없고 진짜 컬처 카드의 힘을 느끼려면 예술 마을 가서 노는 게 최고입니다ㅋㅋㅋㅋ 커피, 식사, 연극 · 뮤지컬 · 밴드 공연, 각종 액세서리까지 모든 걸 컬처 포인트로 결제할 수 있어요ㅋㅋㅋ 심지어 컬처 포인트도 다시 반환해 주고 할인도 받을 수 있습니다ㅋㅋㅋㅋ]

[회만 록 페스티벌 티켓조차 컬처 카드로 살 수 있는 위엄bbb]

그렇게 컬처 카드의 이용자는 급격하게 늘어났다.

컬처 카드 사용자들이 댓글로 칭찬만 늘어놓으니 알바를 쓰는 게 아니냐는 의혹도 있었지만 직접 사용해 본 사람은 그런 말을 하지 못했다.

진짜로 컬처 카드가 편리했기 때문이었다.

결국 두 달 만에 웬만한 사람들은 컬처 카드를 한 장씩 보유하게 되었다.

하지만 이제 시작이었다.

지금까지 컬처 카드로 사람들에게 혜택을 준 것을 컬처 필드가 돌려받을 차례였다.

◇　◆　◇

두 달이라는 시간이 흐르면서 미네르바와의 경쟁은 심화됐다.

음반 시장과 드라마 시장에서 경쟁을 벌이는 것은 물론이고 영화 시장까지 경쟁의 범위가 확대됐다.

컬처 필드와 미네르바에서 각각 영화를 개봉했기 때문이었다.

먼저 영화를 개봉한 쪽은 미네르바였다.

총 제작비 400억이 투입된 영화 〈살수대첩〉은 영화 제목 그대로 을지문덕 장군의 살수대첩을 다룬 것이었다.

〈살수대첩〉의 초반 반응은 무척이나 좋았다.

음반 시장과 드라마 시장을 양분하던 미네르바와 컬처 필드의 시소가 미네르바 쪽으로 기울 것만 같았다.

하지만 컬처 카드 사용자의 급증과 맞물려 〈도넛 캘린더

〉가 개봉하면서 상황이 급반전됐다.

관객들이 〈살수대첩〉에서 등을 돌리며 〈도넛 캘린더〉를 보기 시작한 것이다.

'엄청난 투자와 호화 캐스팅 등으로 개봉 초기 관객들을 끌어 모으긴 했지만 전체적으로 〈살수대첩〉에 대한 평은 좋지 않다. 영화를 보고 나온 열에 여덟은 비난을 할 정도였으니까. 그런 상황에서 태식 씨 주연의 할리우드 영화가 나오니 사람들의 발길이 그곳으로 향할 수밖에.'

게다가 영화의 메가폰을 잡은 감독이 〈룰루랜드〉로 아카데미를 휩쓴 후트 셔젤이었다.

아무리 〈살수대첩〉이 대단하다지만 〈도넛 캘린더〉의 상대는 도저히 되지 않는다는 얘기였다.

또한 이게 다가 아니었다.

컬처 카드를 보유한 관객은 〈도넛 캘린더〉라는 훌륭한 작품을 할인된 가격에 볼 수 있었다.

'그러니 〈도넛 캘린더〉로 관객이 몰릴 수밖에. 엄청난 페이스다. 이대로라면 〈레드, 월 스트리트〉의 아성도 무너뜨릴 수 있겠어.'

〈도넛 캘린더〉에 대한 해외의 반응은 이 정도가 아니었다.

흥행이라고 할 만한 성적을 내고 있긴 했지만 역대급이라는 찬사가 따라올 정도는 아니라는 뜻이었다.

하지만 박태식이 주연이라는 점과 컬처 카드의 존재로 국내에서만큼은 〈도넛 캘린더〉가 역대급 성적에 다가가고 있었다.

심지어 그뿐만이 아니었다.

'〈도넛 캘린더〉를 통해 컬처 카드의 효용성을 실감한 팬들이 음악을 보고 드라마를 보는 데 컬처 카드를 적극적으로 사용하기 시작했다. 아슬아슬 줄다리기를 하고 있던 시장 점유율이 컬처 필드 쪽으로 기울고 있어!'

정호의 생각대로였다.

컬처 카드의 저력으로 점차 시장 점유율을 컬처 필드 쪽으로 끌어온다 싶더니 순식간에 미네르바를 무너뜨리기 시작했다.

간신히 10%대 초반의 시청률을 방어하던 컬처 필드의 드라마들이 10%대 후반의 시청률로 미네르바의 드라마를 찍어 눌렀고, 5위권 내에서 음원 차트 순위로 엎치락뒤치락 씨름을 벌이던 지킬의 타이틀곡과 플래티나의 타이틀곡이 각각 음원 차트 1, 2위를 마크했다.

결국 컬처 필드가 음반, 드라마, 영화 시장에서 모두 미네르바를 앞서게 된 것이었다.

특히 〈도넛 캘린더〉가 최단 기간 기록으로 천만 관객을 돌파했을 때 컬처 필드 직원들 사이에서 환호성이 터져 나왔다.

"우와와! 대박이야!"

"이번에도 총 대표님이 해내셨어!"

"말도 안 돼…… 이제 이런 전략까지 성공시킨다고?"

환호할 수밖에 없고, 놀랄 수밖에 없는 상황이었다.

솔직히 컬처 카드라는 전략을 들고 나왔을 때만 해도 이런 식으로 미네르바를 꺾어 버릴 줄은 아무도 몰랐던 탓이었다.

컬처 카드에 대해 부정적인 의견을 피력했던 강철두가 정호에게 다가와 말했다.

"처음엔 반신반의했지만, 너무나도 획기적인 아이디어였기 때문에 이렇게 성공을 거둘 수 있었던 것 같습니다. 처음엔 그저 컬처 필드를 상징하는 하나의 아이템이나 유용한 상품으로 남을 거라고 예측했거든요. 그래서 미네르바의 총공세를 꺾기 위해서는 다른 전략이 필요할 거라고 판단했습니다."

정호가 다음 말을 기다리며 빙그레, 웃었다.

그러고는 물었다.

"그랬습니까?"

강철두가 대답했다.

"네, 그랬습니다. 하지만…… 제가 틀렸다는 걸 인정하지 않을 수 없군요. 컬처 카드는 이미, 그 자체로 완벽한 전략이었습니다. 사람의 마음을 움직이는 최고의 전략 말입니다."

강철두가 또 하나의 새로운 세계를 맛봤다는 듯 말했지만 정호는 가만히 고개를 저었다.

강철두의 말 중에 한 가지가 틀렸기 때문이었다.

정호가 말했다.

"완벽한 전략이라…… 사실 이건 전략이 아니었습니다."

강철두가 놀란 표정을 지으며 반문했다.

"네? 그럼?"

정호는 한 차례 웃어 보인 뒤, 대답했다.

"저는 그저 사람들에게 가장 필요한 게 무엇일까 생각했고 그 과정에서 컬처 카드라는 것이 나왔을 뿐입니다. 그리고 그 순간 확신했죠. 이건 컬처 필드를 위한 중요한 상징이자 방법이 될 것이다, 라고요."

강철두는 정호의 말을 전부 이해하지 못했지만 어렴풋이 무슨 얘길 하는지는 알 수 있을 것 같았다.

'결국 전략마저도 사람을 생각하고 짰셨다는 것인가? 이런 부분에서도 내가 한 수 배우는구나…….'

강철두가 존경의 눈빛을 담아 정호를 바라봤다.

이번 싸움의 승자가 미네르바도, 컬처 필드도 아닌 사람이었다는 사실 깨달으며.

매니지
먼트
제왕

7장. 퇴장

정호의 전략은 이번에도 주효했다.

컬처 카드의 출시와 〈도넛 캘린더〉의 개봉으로 미네르바는 완벽히 무너졌다.

결국 컬처 카드의 성공이 미네르바의 실패로 귀결된 셈이었다.

그렇게 패배가 확정된 지금, 한경수가 난동을 부리고 있었다.

"으아아아아아악!"

사방으로 깨지고 부서지는 소리가 멈추지 않고 끊임없이 울려 퍼졌다.

도저히 분을 삭일 수가 없었다.

화가 머리끝까지 차올랐고 가능하다면 모든 걸 부수고 다시 시작하고 싶은 마음뿐이었다.

한경수는 그런 마음이 공존하는 상태로 손에 잡히는 모든 걸 때려 부쉈다.

사업이 성공할 때면 축하주로 마시던 귀한 술이 담겨 있는 술병도 예외는 없었다.

어떤 좋지 않은 상황에서도 온전히 제 몸을 건사하던 그 술병도 한경수의 손에 잡혀 와장창, 소리를 내며 깨졌다.

그리고 그 술병은 붉은 피 대신 진한 향기를 가득 머금고 있는 갈색 피를 흘렸다.

그나마 다행인 것은 미네르바의 총 대표실에 있는 사람은 한경수 본인뿐이라는 점이다.

누군가 한경수와 함께 미네르바의 총 대표실에 있었다면 그게 누구든 상관없이 피를 봤을 것이 분명했다.

갈색 피가 아닌 진짜 붉은 피를.

직원들은 그게 무서워 이미 미네르바의 총 대표실 주변을 얼씬도 하지 않는 중이었다.

늘 껌딱지처럼 한경수 옆에 붙어 다니던 송 이사조차도 말이다.

한참 그런 식으로 난동을 부리던 한경수가 제풀에 지쳐 씩씩거렸다.

"헉헉…… 무능한 새끼들…… 벌레 같은 새끼들…… 모든 걸 다 쏟아부었는데도 실패하다니……."

이런 순간에서도 다른 사람을 탓하는 한경수였다.

결국 이것이 한경수가 실패할 수밖에 없었던 이유였다.

실패의 원인을 아랫사람한테 찾다 보니 스스로를 돌아보지 못했던 것이다.

그렇게 욕을 하며 숨을 고르던 한경수가 품에서 스마트폰을 꺼냈다.

그러고는 도움을 구하기 위해 전화를 걸었다.

전화를 건 대상은 사성 그룹의 회장, 한동철이 아니었다.

한경수도 자신이 한동철에게 버림을 받았다는 사실을 알고 있었다.

내부의 미묘한 분위기를 감지하지 못할 정도로 한경수가 바보는 아니었다.

'늙은이는 내 전화조차 받지 않겠지. 딴 놈을 후계자로 지목한 뒤 나를 이 자리에서 몰아낼 생각이나 하고 있겠지. 빌어먹을 새끼. 관에나 들어가라.'

한경수가 이런 생각을 하고 있을 때 스마트폰 너머의 누군가가 전화를 받았다.

굵직한 저음의 목소리가 들려왔다.

"그래, 경수야."

한경수가 다급히 말했다.

"할아버지, 도와주세요!

그랬다.

전화를 받은 사람은 한경수의 외할아버지이자 암흑가의
1인자, 배석남이었다.

배석남이 안타까움이 묻어나는 목소리로 한경수를 불렀
다.

"경수야……."

하지만 들리지 않는지 한경수가 한 번 더 다급히 소리쳤
다.

"한 번만 도와주세요, 할아버지! 컬처 필드 놈들을 한꺼
번에 쓸어버려 주세요! 네? 네?"

배석남이 다시 한 번 말했다.

"경수야……."

그제야 정신을 차린 한경수가 대답했다.

"네, 할아버지."

한경수를 불러 놓고 배석남은 잠시 말이 없었다.

뭔가 중요한 한마디를 할 것 같은 분위기였다.

그러자 한경수의 머릿속으로 불안한 생각 하나가 스쳐
지나갔다.

'설마 그 늙은이가 외할아버지까지 포섭한 건 아니겠
지……?'

한경수가 초조해하고 있을 때 배석남이 입을 열었다.

"이제 내려와라."

끝을 고하는 한마디였다.

◇ ◆ ◇

정호는 막다른 길 끝에 몰린 한경수가 마지막 한 장의 카드를 꺼내들 것이라고 생각했다.

그 카드는 다름 아닌 골든파의 보스이자, 국내 암흑가의 1인자인 배석남이었다.

'난리가 날 거라고 생각했지. 물불 가리지 않고 달려들어 컬처 필드에 소속된 연예인들부터 직원들까지 모두 위협할 거라고 생각했는데…… 하지만 한경수는 배석남 카드를 끝끝내 꺼내지 않았어.'

배석남 카드가 꺼내질 것을 대비하여 많은 준비를 해 둔 정호였다.

일단 수십 곳의 경호업체와 추가 계약을 맺었고 해당 사실을 유포하기 위해 보도 자료도 준비해 놨다.

뿐만 아니라 이러한 흐름을 파악하고 후앙 훼이 쪽에서 먼저 연락까지 줬다.

"충칭의 도움이 필요하면 언제든 말씀하세요. 삼합회가 아닌 충칭의 이름으로 약간의 도움은 드릴 수 있을 테니까요."

그렇게 묵직한 공격이 들어올 걸 대비해서 배에 힘을 줬지만 한경수는 배석남을 움직이지 않았다.

그리고 그게 '움직이지 않은 것'이 아니라 '움직이지 못한 것'이라는 사실을 얼마 후 깨달을 수 있었다.

한경수가 기자 회견을 열어 미네르바의 총 대표직에서 사퇴하겠다는 의사를 공식적으로 밝혔기 때문이었다.

"……거듭되는 운영의 어려움으로 제가 이 자리에 어울리지 않는 사람이라는 걸 깨달았습니다. 그리하여 저보다 나은 후임에게 이 자리를 물려주고 떠납니다. 제 후임은 메세나의 대표였던 이경룡 신임 총 대표입니다……."

아라 엔터테인먼트의 최 대표나 큐 엔터테인먼트의 곽 대표도 아닌, 메세나의 이경룡 대표가 미네르바의 후임이 됐다는 사실을 확인하고 정호는 확신할 수 있었다.

'한경수가 두 할아버지에게 버림을 받았구나…….'

그럴 수도 있을 거라고 생각했다.

지금까지 거듭 실패만 겪은 한경수였기 때문에 두 할아버지에게 버림받을 수도 있다는 생각이 들었다.

한동철이나 배석남이라면 충분히 그러고도 남을 사람들이었다.

'한경수는 언제나 겁에 질린 개가 주인을 문다고 말하곤 했지. 그리고 주인을 먼저 물기 전에 겁에 질린 개를 처단해야 한다고도 했고. 그 말을 가르쳐 준 사람이 한동철과

80   매니지
      먼트의
      제왕10

배석남이었다. 결국 이번에 처단당한 것은 한경수라는 겁에 질린 개로구나…….'

그때였다.

기자 회견에서 한창 사퇴 발표를 하고 있는 한경수에게 일단의 무리가 달려든 것이.

일단의 무리는 한경수가 있는 단상으로 올라가 한경수를 구타하기 시작했다.

"야 이 개새끼야! 내 돈 전부 날려 먹고는 그만두겠다는 말이 나와!"

"죽어! 죽으라고!"

"내 돈 뱉어 내!"

주변을 경호하고 있던 인력들이 일단의 무리를 말렸지만 소용없었다.

그때 화면 옆으로 현장 진행자가 등장했다.

"지금 미네르바의 전 총 대표인 한경수 씨는 피해자를 자처하는 주주들에게 일방적인 구타를 당하고 있습니다. 현재 경호 인력들이 주주들을 막아서고 있지만 상황은 쉽사리 진정……."

정호는 여기까지 보고 TV를 껐다.

괜히 입맛이 씁쓸했다.

이전의 시간에서 민봉팔을 죽이고 자신의 목숨까지도 위협했던 한경수였다.

평생이 걸리더라도 복수를 할 대상이었고 평생이 지나도 용서할 수 없는 인물이었다.

하지만 그런 한경수가 이렇게 처절한 모습으로 퇴장을 하자 왠지 찝찝하고 허전한 마음이 들었다.

무엇보다도 자신의 손으로 직접 한경수를 처단하지 못한 게 너무나도 아쉽다는 생각이 들어서 놀랐다.

정호가 자신의 양손을 내려다보며 생각했다.

'아직 나도 정신을 못 차린 건가……'

처음에는 어떨지 모르지만 정호는 이번의 시간에서 복수만을 꿈꾸지 않았다.

높은 곳으로 향하는 과정에서 자신이 소홀히 했던 사람이라는 존재가 자꾸 눈에 밟혔고 그게 정호를 변화시켰다.

그러다 보니 복수의 의미가 희미해졌다.

복수보다는 자신의 사람을 지키는 것에만 집중했다.

시간이 지나며 그렇게 된 줄로만 알았고 그게 옳다고 생각했다.

'하지만 그럼에도 불구하고 내 마음속에는 아직 복수심이 남아 있던 건가…… 아무리 사람을 우선시한다지만 나는 원수까지 사랑할 인재는 아니구나……'

마음이 복잡했다.

이 상황을 도대체 어떻게 받아들여야 할지 모르겠다는 생각이 들었다.

처단당한 한경수를 보며 통쾌해야 할까?

직접 한경수를 처단하지 못했다고 아쉬워해야 할까?

능력을 가지고도 한경수를 변화시키려고 시도하지 않은 걸 후회해야 할까?

다시 기회를 얻고도 원수까지 사랑하지 못한 스스로를 반성해야 할까?

아무런 판단도 내릴 수 없었다.

그저 마음이 너무나도 찝찝하고 허전했다.

그때였다.

똑똑, 하는 노크 소리가 들려온 건.

정호는 누군가 싶어 총 대표실의 문을 열었다.

문 앞에는 다름 아닌 강여운이 서 있었다.

강여운은 헤헤, 하고 웃은 뒤 말했다.

"뭐예요, 오빠. 전화도 안 받고. 나를 여기까지 꼭 행차하게 해야겠어요?"

정호가 스마트폰을 꺼내 부재중 전화를 확인했다.

부재중 전화 212건.

강여운이 건 부재중 전화만 해도 36건이나 됐다.

정호가 난처한 기색을 보이며 서둘러 말했다.

"미안. 딴생각을 하느라."

정호의 사과에 강여운은 씨익, 웃으며 "괜찮아요." 하고 대답했다.

그러고는 정호에게 뭔가가 잔뜩 들어 있는 하얀 비닐봉
지를 건넸다.

"이것 좀 들어줘요."

정호가 물었다.

"이게 뭔데?"

"뭐긴요. 따끈따끈한 우동이죠. 겨울하면 우동 아니겠어
요? 밥 안 먹었죠?"

◇　◆　◇

비닐봉지에서 내용물을 꺼냈다.

생각보다 내용물이 알찼다.

우동 두 개의 국물과 면이 따로 담긴 건 기본이었고 반찬
도 가짓수가 다양했다.

또한 우동만이 아니라 김밥도 들어 있었다.

참치 김밥, 쇠고기 김밥, 누드 김밥 등 김밥의 종류도 다
양했다.

정호가 내용물을 보고 놀란 듯하자 강여운이 의기양양한
상태로 말했다.

"어때요? 제대로죠?"

대답 대신 고개를 끄덕인 정호는 젓가락을 집어 들며 말
했다.

왠지 우동과 김밥을 보니 허기가 졌다.

"잘 먹겠습니다."

두 사람이 우동을 먹기 시작했다.

면의 양이 순식간에 줄었고 국물도 금세 바닥을 드러냈다.

또한 두 사람이 먹기에 다소 많아 보이던 김밥도 종류를 가리지 않고 점점 양이 줄어들었다.

그렇게 식사가 거의 끝나갈 때쯤, 정호는 울컥 눈물이 날 것 같은 기분이 들었다.

너무 맛있고 좋은데 왠지 그냥 눈물이 날 것 같았다.

결국 정호의 한쪽 눈에서 또르르, 눈물 한 방울이 흘렀다.

'에이…… 창피하게…….'

정호가 이런 생각을 할 때였다.

강여운이 정호를 불렀다.

"오빠."

정호는 젓가락을 쥔 손등으로 아닌 척 눈물을 닦으며 대답했다.

"응?"

하지만 고개를 들어 강여운을 쳐다봤을 때 이번에는 다른 한쪽 눈에서 눈물이 흘렀다.

'에이 씨…….'

정호가 민망해서 괜히 속으로 이렇게 생각했다.

강여운이 그런 정호를 향해 손을 뻗어 흐르는 눈물을 닦아 준 뒤 말을 이었다.

"오빠, 혹시 그때 기억나요? 우리가 김교빈 씨 생일 파티에 몰래 참석했을 때? 당시 실장이었던 정 대표님한테 우동 먹으러 간다고 거짓말하고 생일 파티에 참석했잖아요."

갑자기 이 상황에서 왜 그 얘길 꺼내나 싶었지만 정호는 순순히 대답했다.

"그랬지. 기억 나."

강여운이 이어서 말했다.

"그때부터였을 거예요. 관심을 가지고 오빠를 지켜본 게. 그때 날 구해 준 오빠의 모습이 너무나도 멋있게 느껴졌거든요. 아마 그때 오빠한테 처음으로 사랑을 느꼈는지도 모르죠."

정호가 "그랬니?" 하고 물었다.

강여운이 "네, 그랬어요." 하고 대답했다.

그런 뒤 이어서 말했다.

"그리고 그때부터 쭉 지켜본 오빠에게 언젠가 기회가 온다면 꼭 이 말을 해 주고 싶었어요."

강여운이 정호를 처음 마음 설레게 했던 예쁜 미소를 지으며 입을 열었다.

"오빠, 오늘도 수고 많았어요. 고마워요."

강여운의 말에 정호는 왈칵, 눈물이 솟아오르는 걸 느꼈다.

그러면서 예감했다.

이제 오랜 악연을 이만 퇴장하도록 놔둬야 할 때라는 걸.

　지금까지 좋은 사람이 되기 위해 노력했던 자신도……

이만 놔줘야 할 때라는 걸.

매니지먼트

8장. 만화와 같은

제왕

기자 회견 당일, 주주들에게 몰매를 맞은 한경수는 간신히 피신하여 잠적했다.

예중태가 물어온 정보에 따르면 사성 그룹의 유배지라고 불리는 강원도 원주의 별장으로 쫓겨난 것 같았다.

해당 정보를 전하며 예중태가 말했다.

"유배지라고 하기에는 솔직히 너무 좋은 곳이죠. 저택도 으리으리하고요."

정호는 한 차례 고개를 끄덕인 뒤, 대꾸했다.

"하지만 한경수 입장에서는 무척이나 답답할 겁니다. 모든 호사를 누리다가 그런 곳에 갇혀 있게 되었으니……."

정호의 말에 예중태가 동의했다.

"아무래도 그렇겠죠. 게다가 분이 풀리지 않은 주주들이 찾아와 오물을 투척하고 가는 일이 간혹 있답니다. 한경수가 눈에 띄면 해코지를 하겠다는 사람들도 여전히 있고요."

정호는 "그렇군요." 하고 대답했다.

그런 뒤, 그동안 궁금했던 점을 물었다.

"그런데 왜 주주들이 한경수에게 한을 품은 건가요? 미네르바가 흔들리고 있는 것은 사실이지만 아직 망한 것도 아닐 텐데요."

예중태가 빙그레, 웃으며 답했다.

"한경수를 공격한 건 미네르바의 주주들이 아니라 코끼리팩토리의 주주들입니다. 이번 총공세를 펼치는 과정에서 한경수는 빚을 코끼리팩토리에 떠넘기고 미네르바에서 제외시켰다고 하더군요."

예중태의 설명을 듣고 나자 대강 상황이 그려졌다.

그리고 동시에 코끼리팩토리의 주주들이 한경수만 보면 치를 떠는 이유도 알 수 있을 것 같았다.

결국 정호는 이렇게 중얼거릴 수밖에 없었다.

"떠날 때까지 사고를 치는군요……."

그나마 다행인 점은 새롭게 미네르바의 총 대표직에 오른 이 대표가 일을 잘 처리했다는 것이다.

이 대표는 미네르바를 잘 추스른 뒤 한 걸음 앞으로 나아가는 데 성공했다.

음반, 영화, 드라마 전반에서 욕심을 부리지 않는 선에서 투자를 했고, 어떻게든 컬처 필드와 경쟁을 벌이지 않기 위해 노력했다.

그 결과, 조금이지만 수익이 나기 시작했고 그와 함께 미네르바가 전체적으로 활기를 띠었다.

또한 어느 정도 사업이 궤에 오르자 코끼리팩토리의 주주들까지 끌어안았다.

악당을 자처하던 미네르바의 이미지까지 챙기기 시작한 것이었다.

그렇게 미네르바는 다시 본래의 세를 구축했다.

하지만 이미 컬처 필드에 대적할 만한 정도는 아니었다.

컬처 필드와 경쟁을 벌이기엔 그들의 영향력이 미비했다.

심지어 이 대표조차도 컬처 필드와의 경쟁을 여전히 꺼렸다.

이 대표가 언론에 공식적으로 내세운 사업 정체성은 다음과 같았다.

―공생과 평화. 이것만이 미네르바를 다시 일으킬 수 있는 유일한 방법입니다.

―마치 컬처 필드를 연상시키는 단어들인데요? 이걸 컬처 필드를 본받겠다는 얘기로 받아들여도 되겠습니까?

―어차피 받아들이는 것은 말하는 쪽이 아니라 듣는 쪽이죠. 어떻게 받아들이든 상관하지 않겠습니다. 다만 조금이라도 낫고 옳은 것이 있다면 미네르바는 가리지 않고 받아들일 것입니다. 설사 그것이 과거 저희와 치열한 경쟁을 벌였던 컬처 필드의 것이라고 하더라도.

언론은 이것을 일종의 항복 선언으로 판단한 듯싶었다.

그런 내용의 기사가 양산되었기 때문이었다.

하지만 정호는 이 대표의 뉘앙스가 항복 선언과는 다르다고 생각했다.

어차피 동종업계에서 기업 간의 항복 같은 것은 존재하지 않았다.

'이제 과거는 잊고 선의의 경쟁을 펼치겠다는 건가? 자신만의 방식으로? 재미있군.'

정호는 정말 이 대표의 반응을 재미있다는 듯이 받아들였다.

그럴 수밖에 없는 게 이제 더 이상 미네르바는 컬처 필드의 상대가 아니었기 때문이었다.

아무리 총공세 이후의 피해를 회복했다지만, 미네르바의 입지는 컬처 필드에 비할 바가 되지 않았다.

반면에 국내에서 컬처 필드의 위상은 컬처 카드의 출시로 거의 하늘을 찌를 듯했다.

그런 상태가 한경수의 사태 이후 두 달간 지속됐다.

'이제 슬슬 국내 시장이 안정화가 됐나?'

정호는 이렇게 생각하며 영국으로의 출국 날짜를 가늠했다.

◇ ◆ ◇

그동안 민봉팔은 멋지게 자신의 임무를 수행했다.

'타이틀'이라는 음반 회사와 '레노스'라는 연예 기획사를 흡수하여 컬처 필드의 영국 지부를 세웠던 것이다.

타이틀은 80년대 영국 밴드 음악을 주도했던 음반 회사 중 하나였다.

하지만 2000년대에 들어서면서 사세가 급격히 기울었다.

시대의 변화를 받아들이지 못한 결과였다.

레노스 역시 비슷한 이유로 무너져 가는 연예 기획사 중의 하나였다.

과거에는 유명 배우를 곧잘 배출하는 연예 기획사였지만, 90년대 후반부터 영화 산업에 치중하면서 상업성을 놓치고 예술성만을 고집하는 고리타분한 곳으로 낙인이 찍혔다.

이와 함께 흔들리기 시작했고 뒤늦게 TV 드라마 쪽으로 노선을 틀었지만 이미 늦은 후였다.

레노스는 이미 낡은 느낌의 조연급 배우만을 간신히 배출하는 오래된 회사가 되고 만 것이다.

안부 전화를 걸어온 정호에게 민봉팔이 모험담을 들려주듯 말했다.

"내가 찾아갔을 때는 두 회사 모두 문을 닫기 일보 직전이었어. 내가 들어가자마자 레노스의 대표가 뭐라고 했는지 알아? '이봐요, 배우를 하려고 왔소? 그럼 다른 데를 알아보시오. 여긴 곳 배우가 아니라 시궁쥐의 천국이 될 테니깐.' 이라고 하더라."

이미 몇 번이나 들은 얘기였지만, 정호는 잠자코 민봉팔의 얘기에 맞장구를 쳐 주었다.

"용케도 그런 곳과 계약을 했군."

민봉팔이 신나서 대답했다.

"계약이야 어렵지 않았지. 그냥 두 회사에 대표한테 가서 '시궁쥐한테 회사를 넘기기보다는 그래도 나한테 회사를 넘기는 게 낫지 않겠어?' 라고 말하면 됐거든."

저번에 같은 얘기를 들었을 때와는 다른 대사가 추가된 것 같았지만 아무 말도 하지 않았다.

영국에서 홀로 고생하고 있는 민봉팔에게 힘을 줄 수 있다면 이런 시간도 나쁘지 않다고 생각하는 정호였다.

그렇게 한참 얘기를 이어 나가던 민봉팔이 말했다.

"그나저나 너 언제쯤 영국으로 올 거야? 이제 국내 시장은 꽤 안정되지 않았어?"

정호가 대답했다.

"안정됐지. 그렇지 않아도 조만간 넘어갈 수 있을 것 같
아. 〈셜리 홈즈〉건은 잘 진행되고 있어?"

민봉팔이 보채는 어조 대꾸했다.

"그래, 얼른 와. 혼자 있으려니 심심하다. 〈셜리 홈즈〉
건은 잘 진행되고 있어. 하트우드 필름 쪽에서 여운이를 꼭
캐스팅하고 싶다고 말하더라고."

〈셜리 홈즈〉는 BBS에서 방영된 〈셜록 홈즈〉의 여자판
드라마였다.

셜록 홈즈라는 세계적인 소설 속 명탐정을 여성화시킨
드라마라고 할 수 있었는데, 슬쩍 살펴본 대본의 설정에 따
르면 셜리 홈즈는 셜록 홈즈의 여동생이었다.

"한국에서 입양된 여동생 설정이라…… 셜록 홈즈에게
가족이 있었는지도 몰랐군. 그나저나 무엇을 원하는지 훤
히 보이네. 차별과 무시를 이겨 내고 추리해 나가는 느낌인
가?"

정호의 말에 민봉팔이 동의했다.

"아무래도 그렇지. 추가로 넘겨받은 대본도 그런 내용이
더라고. 어쨌든 이 건은 괜찮은 건이니깐 긍정적으로 검토
해 봐. 영국으로 넘어올 때 아예 여운이랑 같이 와."

정호가 고개를 끄덕이며 말했다.

"알겠어. 생각해 볼게."

그렇게 민봉팔과의 전화를 끊었고 정호가 속으로 생각했다.

'생각해 보겠다고 말했지만 〈셜리 홈즈〉는 나쁘지 않은 선택이다. 베네딕트 콜린스도 〈셜록 홈즈〉로 전 세계적인 인기를 얻어 미블 코믹스의 히어로 자리를 꿰찼지. 여운이에게 그런 가능성을 열어줄 수 있어.'

미블 코믹스 영화 출연이 배우에게 무조건적으로 긍정적인 것은 아니었다.

하지만 흥행의 규모나 위상 등을 생각해 봤을 때 미블 코믹스의 유명 히어로 역을 맡을 수 있다면 여러모로 좋은 점이 많은 것도 사실이었다.

'한 해에 가장 많은 관객을 모은 영화의 대부분이 미블 코믹스의 영화니깐. 〈레드, 월 스트리트〉로 인해 달게 된 진진한 분위기의 배우라는 꼬리표도 이런 식으로 뗄 수 있다면 좋을 거고.'

하지만 이런 부분들을 떠나서도 〈셜리 홈즈〉는 도전할 만한 가치가 있는 드라마였다.

강여운이라는 배우의 드라마 연기는 아시아권 내로 한정된 경향이 컸기 때문이었다.

'여운이랑 진지하게 얘기해 봐야겠어. 하트우드 필름에서 컬처 필드의 투자를 허락한 이상 회사 입장에서는 무척이나 좋은 일이지만 배우인 여운이에게는 그렇지 않을 수도 있으니깐. 생각해 보면 여운이 정도 되는 배우가 영국 드라마 시장에 갇혀 있을 필요는 없기도 하지…….'

지금도 할리우드 감독들이 끊임없이 러브콜을 보내는 강여운이었다.

다시 말해서 강여운 입장에서는 〈셜리 홈즈〉보다 더 좋은 선택지가 생길 수도 있다는 뜻이었다.

'영국 시장은 어차피 영국 현지에서 준비하고 있는 밴드나 다른 작품으로도 충분히 공략할 수 있다. 〈셜리 홈즈〉의 주연 역할을 컬처 필드의 다른 배우에게 맡길 수도 있고. 방법은 많아. 선택지를 열어 두자.'

그런 식으로 정호가 다양한 가능성을 가늠하며 생각을 정리하고 있을 때였다.

황태준이 정호의 사무실로 찾아왔다.

갑작스레 등장한 황태준을 보며 정호가 물었다.

"어쩐 일이야? 〈도넛 캘린더〉 유럽 개봉 때문에 프랑스행 비행기 탄다고 하지 않았어? 태식 씨는 매니저랑 먼저 떠났던데?"

황태준은 한 차례 고개를 끄덕인 후, 답했다.

"전 밤 아홉 시 비행기예요. 딱히 무대 인사 같은 걸 하는 것도 아니잖아요. 그때까지는 오랜만에 빈둥거리며 집에서 좀 쉬려고 했죠."

정호가 고개를 갸웃거리며 물었다.

"그런데 왜 나왔어?"

황태준이 볼을 부풀리며 대꾸했다.

불만이 가득 담긴 표정이었다.

"저도 나오기 싫었어요. 그런데 아주 급한 건이 전달돼서 어쩔 수 없었어요."

그렇게 말하며 황태준이 자신의 스마트폰을 정호에게 건넸다.

스마트폰을 건네받자 화면에는 영어로 된 메일 한 통이 띄워져 있었다.

—안녕하세요, 황태준 대표님. 저는 데즈니의 기획담당자 조나단 블런트입니다. 제가 이렇게 메일을 보내게 된 건 다름이 아니라, 미블 코믹스의 대표적인 히어로 중 하나인 '아마데우스 황'의 캐릭터를 '박태식' 배우가 맡아 줄 수 있는지 여부를 여쭤보기 위함입니다. 관심이 있으실지 모르겠지만 미블 코믹스는 현재 주요 캐릭터의 2세대 히어로로 영화를 제작하고자 준비 중에 있으며 그 과정에서 '박태식' 배우가 '아마데우스 황'의 역할에 무척이나 잘 어울릴 거란 생각이 들어 이렇게 연락을 드리게 됐습니다. 곧 제작에 돌입할 〈아마데우스 황〉은 기존 미블 코믹스의 히어로 영화 시리즈와 동일하게 3부작으로 제작될 예정입니다. 또

한 '아마데우스 황'은 장기적으로 '헐크맨'의 대체자로서 〈어벤져팀〉 시리즈에 합류하게 됩니다. 이와 관련하여 자세한 사항을 논의하고 싶다면 해당 메일이나 아래의 연락처로 연락을 주시면 감사하겠습니다. 그럼 연락 기다리고 있겠습니다. 메일을 읽어 주셔서 감사합니다.

메일을 전부 읽은 정호의 입에서는 자신도 모르게 이런 말이 튀어나왔다.

"잠깐, 지금 이거…… 미블 코믹스에서 태식 씨를 캐스팅하고 싶다는 거 맞지?"

9장. 미팅의 어려움

정호는 만사를 제쳐 두고 총기획팀 직원 몇 명과 함께 미국행 비행기에 올랐다.

정호까지 총 세 사람이 움직였지만, 컬처 필드의 수뇌부라 할 수 있는 이는 정호뿐이었다.

강철두도 함께 미국으로 가고 싶어 했다.

하지만 정호가 강철두에게 영국행을 부탁했다.

"봉팔이 혼자서 모든 일을 해낼 수 없을 겁니다. 죄송하지만 이번에는 남은 총기획팀과 총제작팀 인원들을 데리고 영국으로 가 주세요. 그쪽 일을 부탁하겠습니다."

강여운이 〈셜리 홈즈〉의 캐스팅을 받아들이면서 발생한

피치 못한 선택이었다.

앞서 밝힌 바 있듯 민봉팔은 영국 시장 공략을 위해 현지 밴드의 데뷔를 준비 중이었다.

그런 상황에서 강여운의 〈셜리 홈즈〉 출연까지 홀로 커버하기에는 한계가 있었다.

'원래라면 내가 가겠지만 미블 코믹스 쪽이 더 중대한 사안이다. 컬처 필드의 북미 시장 진출을 앞당길 수 있는 절호의 찬스이기도 하고.'

그래서 정호는 민봉팔과 강철두에게 영국 시장을 맡기고 북미 시장 공략에 집중할 생각이었다.

물론 미블 코믹스와 함께 작업한다고 해서 반드시 북미 시장을 개척할 수 있는 건 아니었다.

다만 박태식을 기점으로 컬처 필드의 배우들을 미블 코믹스의 히어로 영화에 지속적으로 출연시킬 수 있다면 북미 시장에서 안정된 수익을 얻을 수 있었다.

'그렇게 된다면 컬처 필드의 북미 지부 건립도 꿈만은 아니야. 하지만 좀 아쉽군. 〈아마데우스 황〉의 제작에 컬처 필드가 관여할 여지는 별로 없을 테니깐.'

데즈니는 누구의 도움도 필요로 하지 않는 세계 최고의 영화 제작사였다.

계속되는 성공으로 전 세계적으로 영향력을 발휘하고 있었으며 최근에는 20세기 폭시사의 인수 소문이 돌 정도였다.

그런 데즈니가 컬처 필드에게 투자 기회를 열어 줄 리 없었다.

모든 부분에서 직접 투자하여 수익을 전부 가져가고 싶어 할 것이 분명했다.

'안 될 가능성이 높지만 일단 시도는 해 봐야겠지. 하지만 투자가 좌절되더라도 컬처 필드 소속 배우들의 이름을 전 세계에 알릴 수 있다는 것만으로도 충분히 좋은 기회와 기반이 될 거야.'

결국 박태식의 〈아마데우스 황〉 출연을 확정시키는 게 우선이었다.

'얘기가 잘됐으면 좋겠군……'

정호는 이런 생각을 하며 미국행 비행기에 올랐다.

정호는 비행기에서 '아마데우스 황'에 대한 정보를 긁어 모았다.

함께 비행기에 오른 총기획팀 직원들이 전해 준 보고서가 있었지만, 그보다는 아마데우스 황이라는 캐릭터가 해외에서 어떤 반응을 보이고 있는지 직접 확인하고 싶었다.

반응은 전체적으로 나쁘지 않았다.

한국계 미국인인 아마데우스 황을 응원하는 사람들이 많았다.

[재밌는데? 아마데우스 황이라는 캐릭터는 굉장히 신선해!]

[확실히 미블 코믹스는 너무 백인 위주의 주인공을 내세웠지ㅋㅋㅋ 세상을 지킬 자격이 백인에게만 있다고 믿는 건가?ㅋㅋㅋㅋ]

[그게 지겨웠어! 비판적인 의식 없이 매번 같은 얘기만 쏟아 내다니!]

[맞아ㅋㅋㅋㅋ 굳이 백인이 아니어도 이렇게 매력이 넘치는 인물이 나올 수 있다고!ㅋㅋㅋ]

[오히려 주인공이 백인이 아니니깐 얘기가 더 풍성해지는 기분이야ㅋㅋㅋㅋ 만화를 보면 볼수록 고려해야 할 사항이 많아지는 기분이랄까?ㅋㅋㅋ]

[콘셉트도 무척이나 잘 잡았지ㅋㅋㅋㅋ 새로운 천재의 등장이라니 흥분되는걸?ㅋㅋㅋ 2세대 히어로는 전부 느낌이 좋아!ㅋㅋㅋㅋ]

[와우! 정말 멋져! 힘이 세지도, 순발력이 뛰어나지도 않은데 모든 경우의 수를 계산해서 적을 따돌리다니, 인상적이야!]

[그렇지ㅎㅎㅎ 아마데우스 황의 진정한 힘은 힘도, 순발력도 아닌 '머리'라고ㅎㅎㅎ]

반응을 살펴보니, 사람들은 다양한 측면에서 아마데우스 황에게 매력을 느끼는 것 같았다.

특히 '지구에서 여섯 번째로 똑똑한 인물'이라는 점이 커다란 매력 포인트로 작용하고 있었다.

'심지어 스토리도 좋다. 2세대 헐크맨이 되기까지 아마데우스 황이 겪는 여정이 뒤로 갈수록 굉장히 매끄럽게 그려졌다는 평이 이어지는군.'

미블 코믹스에서 영화를 만든다고 할 때부터 이미 〈아마데우스 황〉이 괜찮은 소재의 영화라는 걸 예상할 수 있었지만, 이렇게 눈으로 직접 확인하니 더더욱 만족스러웠다.

'좋아. 그럼 이제 나만 잘하면 되겠어. 이번 〈아마데우스 황〉 건을 성사시키고 더불어 투자의 기회도 얻을 수 있도록 노력해야겠군.'

정호는 이런 생각을 하며 미블 코믹스와의 미팅을 위해 총기획팀에서 전해 준 정보를 정리하기 시작했다.

그렇게 열 시간이 넘도록 잠 한숨 자지 않고 미팅 준비를 한 정호가 마침내 미국 땅을 밟았다.

미국 땅을 밟자마자 정호를 반긴 사람은 다름 아닌 일렉트로닉 레코드의 제이미 존슨이었다.

"총 대표님!"

제이미 존슨이 팔을 크게 내저으며 정호를 불렀고, 총기획팀 직원들과 함께 정호가 그쪽으로 다가갔다.

"나와 줘서 고마워요, 제이미."

"총 대표님이 오신다는데 제가 나와 보지 않을 수 없죠. 그나저나 미블 코믹스라니, 꽤나 큰 건이 들어왔군요. 저의 퇴사일도 앞당겨졌다고 볼 수 있을까요?"

정호가 빙긋, 웃은 뒤 입을 열었다.

"그럴지도 모르죠. 닉한테도 준비를 하라고 일러두세요."

그랬다.

사실 제이미 존슨은 닉 리먼드와 함께 정호의 사업을 돕기로 한 상태였다.

아직은 때가 아니라서 일렉트로닉 레코드와 함께하고 있었지만, 정호가 북미 시장을 진출할 즈음에는 회사에서 나와 컬처 필드 북미 지부의 기반을 쌓아 줄 예정이었다.

심지어 정호를 도와 북미 지부에 힘을 보태 줄 사람은 제이미 존슨과 닉 리먼드뿐이 아니었다.

제이미 존슨이 말했다.

"그렇다면 토비한테 미리 얘기해 둬야겠군요. 나중에 놀라지 않게요."

언급한 대로 20세기 폭시사의 토비 워커도 회사에서 나와 북미 지부의 핵심 인력이 되어 주기로 합의된 상태였던 것이다.

정호가 북미 시장을 공략하기 위해 지금껏 얼마나 많은 준비를 해 왔는지 알 수 있는 대목이었다.

"토비한테 말을 해 놓으면 좋겠죠. 특히 이번 〈아마데우스 황〉 건은 토비도 무척이나 관심이 많을 겁니다."

◇ ◆ ◇

이번 미국행도 어김없이 닉 리먼드의 저택에서 생활하기로 한 정호였다.

함께 미국으로 건너온 총기획팀 직원들과 정호는 닉 리먼드의 저택에 짐을 풀었다.

닉 리먼드를 만날 수 있었으면 좋았겠지만 아쉽게도 닉 리먼드는 월드 투어 때문에 자리를 비운 상태였다.

정호가 짐을 푸는 걸 도와주면서 제이미 존슨이 말했다.

"닉이 무척이나 안타까워했습니다. 컬처 필드의 미국 지부가 세워질지도 모르는 결정적인 순간에 해외에서 콘서트를 해야 한다고요."

정호는 한 차례 웃어 보인 뒤, 대답했다.

"우선 〈아마데우스 황〉 건이 잘 해결되어야 하는 일이지요."

제이미 존슨이 고개를 끄덕이며 입을 열었다.

"투자를 생각하고 있으시죠?"

정호가 순순히 대꾸했다.

"맞습니다. 컬처 필드의 투자를 미블 코믹스 쪽에서 순순히 허락해 준다면 좋을 텐데요."

제이미 존슨이 말했다.

"아마 쉽지 않을 겁니다. 워낙 이런 부분에서 확실히 선을 긋는 데즈니이니까요."

제이미 존슨의 말대로였다.

약속된 시간에 미블 스튜디오에서 만난 데즈니의 직원들은 역시나 까다로웠다.

박태식이 계약서에 도장을 찍을 때까지 〈아마데우스 황〉에 대한 정보를 제공할 수 없다는 점을 확실히 한 것은 물론이고, 절차에 따른 박태식의 오디션까지 요구했다.

'심지어 지금까지 했던 어떤 미팅과도 다르게 미팅 상대가 데즈니의 직원들뿐이군. 보통 감독이나 시나리오 작가 중 한 사람은 얼굴을 비추기 마련인데…….'

미블 히어로 영화에서 데즈니의 영향력이 얼마나 발휘되는지 알 수 있는 대목이었다.

영화 제작 과정에 단 한 가지라도 자신들의 마음에 들지 않으면 감독, 시나리오 작가, 배우 할 것 없이 모든 걸 전부 바꿔 치우는 데즈니다운 모습이기도 했다.

'휴…… 어쩌면 〈아마데우스 황〉의 투자 건에 대해 말도 꺼내 보지 못하겠군. 도무지 여지를 주지 않네.'

미팅은 시종일관 데즈니 직원들이 주도했다.

데즈니 직원들은 자신들이 '갑'의 위치에 있다는 걸 교묘하게 이용할 줄 알았다.

그렇다고 정호를 깔본다거나 불이익을 주는 건 아니었다.

다만 갑의 위치를 활용하여 가져갈 수 있는 이익을 전부 가져간다는 인상이었다.

정호의 앞에 앉아 있던 세 명의 데즈니의 직원 중 한 사람이 말했다.

데즈니 미팅팀의 리더로 보이는 지적인 이미지의 캐논 레위스라는 이름을 가진 남성이었다.

"박태식 씨의 오디션은 가능하면 다음 주 목요일에 진행했으면 좋겠습니다. 그때 〈아마데우스 황〉의 감독이 오디션에 참관할 수 있거든요. 또한 이번 영화를 위해 미리 박태식 씨가 몸을 만들어 주길 요구합니다."

컬처 필드의 총기획팀 직원 하나가 의아해하며 물었다.

"아마데우스 황은 근육질의 사내가 아닌 걸로 아는데요?"

캐논 레위스가 대답했다.

"'캡틴 유나이티드'처럼 근육질일 필요는 없죠. 그래도 어느 정도 탄탄한 몸은 만들어 두는 게 좋을 겁니다. 어쨌든 히어로니까요. 부탁드립니다."

그렇게 부탁의 탈을 쓴 데즈니 측의 일방적인 요구가 계속됐다. 정호를 비롯한 총기획팀 직원들은 투자의 기회를 달란 얘기를 꺼내지도 못한 채 데즈니의 요구 사항을 받아 적는 데 급급하기만 했다.

'상황이 이렇게 흘러가니 어쩔 수 없지. 어차피 큰 기대를 한 상황도 아니니깐. 최대한 박태식 씨의 캐스팅을 확정 짓는 쪽으로 하자. 투자를 하지 못해도 이건 충분히 좋은 기회야.'

정호가 그렇게 생각을 굳힐 때쯤이었다.

한창 미팅이 진행 중인 미블 스튜디오의 회의실로 누군가가 벌컥, 들어왔다.

"안녕하세요. 저는 〈아마데우스의 황〉의 감독이자 시나리오 작가인 제임스 현이라고 합니다. 박태식 씨의 소속사인 컬처 필드의 직원분들 맞으시죠?"

회의실 문을 벌컥, 열고 들어온 제임스 현이라는 남자는 다짜고짜 자기소개부터 했다.

하지만 이내 말을 하다가 정호를 발견했는지 깜짝 놀랐다.

"오우! 컬처 필드의 오정호 총 대표님이 직접 발걸음 하셨군요! 왕팬입니다!"

제임스 현의 말에 정호가 난처함이 어린 웃음을 지어 보였다. 갑자기 난입한 제임스 현의 존재도 뜬금없는데, 연예인도 아닌 자신에게 팬이라고 하니 난처하지 않을 수 없었다.

하지만 그런 정호의 난처한 기색에도 아랑곳하지 않고 제임스 현이 정호에게 성큼성큼 다가왔다.

그러고는 정호의 바짓가랑이를 부여잡으며 부탁했다.

"제발 부탁드립니다! 박태식 씨를 꼭 제 영화 〈아마데우스 황〉의 주인공으로 출연시켜 주세요!"

오로지 데즈니의 페이스대로만 흘러가던 상황이 갑자기 역전되는 순간이었다.

10장. 그는 누구?

데즈니 직원들의 난감해하는 기색이 느껴졌다.

특히 시종일관 주도권을 놓지 않았던 미팅팀의 리더 캐논 레위스의 표정이 눈에 띄게 일그러졌다.

정호는 순식간에 상황을 파악했다.

'일부러 제임스 현이라는 감독을 데리고 나오지 않은 거였구나. 이렇게나 저자세로 나온다면 미팅의 분위기를 완전히 컬처 필드에게 뺏길 테니깐.'

정호의 생각대로였다.

데즈니는 의도적으로 제임스 현을 이번 미팅에서 배제했다.

데즈니의 영향력이 큰 것이 사실이지만 보통의 경우에는 감독이나 시나리오 작가를 미팅에 배제하지 않았다.

오로지 작품만을 위하는 감독이나 시나리오 작가의 성향이 좋은 방향으로 작용하는 경우가 더러 있다는 걸 데즈니도 알고 있었기 때문이었다.

하지만 제임스 현은 조금 정도가 지나친 편이었다.

〈아마데우스 황〉의 주인공으로 박태식을 간절히 원했고 너무 솔직한 나머지 그 사실을 적당히 숨길 줄 몰랐다.

이런 종류의 감독이 더러 있었다.

순수하게 작품만을 생각하느라 사리분별을 잘 못하는 부류의 감독.

'의도적으로 따돌렸지만 미팅 장소에 등장한 것이군. 그런데 굳이 감독을 따돌릴 필요가 있었을까?'

상대는 데즈니였다.

마음만 먹으면 재능과 경험을 두루 갖춘 감독을 얼마든지 데려올 수 있다는 뜻이었다.

'데즈니가 새로운 히어로 영화를 찍는다면 너도 나도 달려들어서 감독을 맡겠다고 나설 텐데? 그럼에도 불구하고 제임스 현을 계속 쓴다는 것은 그런 부분을 감수할 만큼 능력이 출중하다는 것인가?'

여기까지 생각한 정호가 다시 캐논 레위스의 표정을 살폈다.

예상대로 캐논 레위스는 바짓가랑이를 잡고 있는 제임스 현을 못 말리겠다는 듯 쳐다보고 있었다.

더불어 현 상황을 포기한 듯한 기색도 느껴졌다.

정호가 속으로 미소를 지었다.

'후후후. 데즈니조차 어떻게 할 수 없을 만큼 능력이 뛰어난 천방지축이라 이거지?'

1, 2분 만에 여기까지 생각을 정리한 정호는 여전히 자신의 바짓가랑이를 잡고 있는 제임스 현을 달랬다.

"아이고. 감독님, 왜 이러십니까? 오히려 박태식 씨의 출연은 제가 부탁드려야지요."

그제야 제임스 현이 바짓가랑이를 잡던 손을 놓고 화색을 띠었다.

"정말입니까? 박태식 씨를 정말 〈아마데우스 황〉에 출연시켜 주실 겁니까?"

정호가 난처한 웃음을 지으며 대답했다.

"그래야지요. 다만 오디션 날짜가 조금 애매해서…… 감독님이 다음 주 목요일밖에 시간을 내지 못하신다고……."

정호가 그렇게 말하며 슬쩍 캐논 레위스를 바라봤고 정호의 시선을 따라 제임스 현도 캐논 레위스를 향해 고개를 돌렸다.

제임스 현이 금시초문이라는 표정으로 말했다.

"캐논, 이게 정말이에요? 내가 목요일밖에 시간이 안

된다고 했어요?"

캐논 레위스가 지적인 이미지를 벗어 던지고 말을 더듬었다.

"어, 어, 그게……."

제임스 현이 허리에 양손을 얹은 채 노기 띤 어조로 따졌다.

"귀한 분을 모셔 놓고 그런 식으로 거짓말을 하면 안 되죠! 당장 오늘도 할 일이 없어서 미팅 장소로 쫓아왔는데, 시간이 없다니 무슨 소리예요!"

그렇게 대놓고 따져 묻던 제임스 현이 정호를 다시 쳐다보며 입을 열었다.

"헤헤, 걱정 마세요. 미팅 날짜는 박태식 씨의 시간에 최대한 맞추도록 하겠습니다. 혹시 더 필요하신 것 있으십니까?"

이쯤 되자 정호는 확신할 수 있었다.

데즈니의 영향력이 제임스 현을 넘지 못한다는 것을.

그와 동시에 〈아마데우스 황〉이 이전의 시간에서 기록한 엄청난 흥행 성적을 떠올릴 수 있었다.

'그래, 이 정도라면…….'

정호가 확신에 찬 목소리로 말했다.

"컬처 필드도 〈아마데우스 황〉에 투자를 하고 싶습니다."

정호의 말이 끝나자마자 제임스 현의 표정이 한껏 밝아졌고 캐논 레위스 표정이 더없이 어두워졌다.

◇ ◆ ◇

정호의 투자 선언에 캐논 레위스의 표정이 어두워진 이유는 뻔했다.

영화 제작의 영향력과 돌아올 수익의 배분을 높일 방법은 '투자'가 유일했기 때문이었다.

이와 반대로 제임스 현의 표정이 밝아진 이유는 조금 특별했다.

컬처 필드가 투자까지 고려한다는 건 박태식의 〈아마데우스 황〉의 출연이 확정될 가능성이 높아진다는 뜻이었다.

또한 출연이 확정된 이후에도 회사의 투자가 감행된 박태식 입장에서는 조금이라도 더 성실하게 〈아마데우스 황〉의 촬영에 임할 수밖에 없었다.

이런 까닭에 투자 얘기가 나오자 제임스 현의 표정을 밝아진 것이었다.

박태식에 대한 제임스 현의 무한한 애정을 확인할 수 있는 대목이었다.

결국 그렇게 컬처 필드의 투자가 확정됐다.

캐논 레위스는 어떻게든 제임스 현을 설득하려고 했지만

막무가내였다.

박태식이 없으면 〈아마데우스 황〉을 찍지 않겠다고 징징거리기 시작하자 캐논 레위스는 두 손 두 발을 다 들고 말았다.

끝끝내 오디션마저 생략된 컬처 필드의 투자 조항이 들어간 계약서에 사인을 하면서 캐논 레위스가 중얼거렸다.

"20분 전으로 시간을 돌리고 싶군…… 그때까지만 해도 분위기가 무척이나 좋았는데……."

물론 캐논 레위스에게는 그런 능력이 존재하지 않았고 그 얘길 못 들었는지 제임스 현은 신나게 자신이 구상하고 있는 〈아마데우스 황〉에 대해서 떠들었다.

"박태식 씨의 출연 결정이 아쉽지 않은 영화를 꼭 만들어 보이겠습니다. 대본을 본다면 놀라실 거예요. 아마데우스 황이 우주로 나아가는 세계관을 적절하게 비틀어서 헐크맨이 되는 과정을 새로 썼거든요. 스케일을 무작정 키우기보다는 시간과 장소 등을 압축해서 아마데우스 황에게 동기를 부여하려고 노력한 것이죠. 특히 〈아마데우스 황 : 헐크맨과의 조우〉에서는 아마데우스 황의 두뇌를 활용한 긴장감 넘치는 전개가 펼쳐집니다. 전반부에서는 두뇌만을 이용해서 적을 상대하고 후반부에서는 다이아몬드 메이스를 얻어 액션까지 가미하는 전개인 것이죠. 또 히로인에 대해서 말하지 않을 수 없는데……."

수다는 계약이 완료되고도 한참이나 이어졌다.

하지만 정호는 제임스 현의 얘기를 흥미롭게 경청했다.

대본이 나오면 더 확실해지겠지만, 제임스 현의 얘기만으로도 영화의 내용이 무척이나 재미있게 느껴졌기 때문이었다.

뿐만 아니라 제임스 현이라는 인물에게도 굉장한 매력을 느꼈다.

'정말 순수하게 영화만을 생각하는 사람이군. 투자자 입장에서는 곤란하지만 이런 사람이 영화를 만들어 준다면 든든한 마음이 생기는 것도 사실이지.'

그렇게 한 시간 넘게 이어지면 제임스 현의 수다는 캐논 레위스의 제지로 끝을 맺었다.

"총 대표님! 나중에 또 얘기를 나눌 수 있었으면 좋겠습니다. 그때 박태식 씨도 꼭 함께요! 아야야!"

데즈니 직원에게 끌려 나가는 와중에도 제임스 현은 큰 소리로 이렇게 말했다.

캐논 레위스가 그 모습을 보며 절레절레 고개를 흔들더니 정호에게 다가왔다.

그러고는 미소를 지으며 말했다.

"계약 과정에서 컬처 필드를 과도하게 몰아붙인 것에 대해서 정중히 사과를 드립니다. 데즈니의 전 직원들이 흥행의 무패 신화를 쓰고 있는 총 대표님과의 협업을 무척이나 기대하고 있습니다. 저 또한 마찬가지고요. 지금부터 잘 부탁드립니다."

계약 전에는 철저히 치열하게 심리 싸움을 벌이던 '상대'에 불과했지만 계약 후에는 흥행이라는 목표를 향해 함께 항해를 시작한 '동료'라고 할 수 있었다.

정호는 캐논 레위스의 진심을 받아들였다.

"물론이죠. 이제 모든 걸 잊고 함께 좋은 결과를 만들었으면 좋겠군요."

◇ ◆ ◇

미팅 끝나고 나서는 제이미 존슨, 토비 워커와 함께 저녁 식사를 했다.

정호는 토비 워커에게 낮에 있었던 미팅 건에 대해서 얘기를 해줬다.

토비 워커가 큰 덩치로 유쾌하게 웃으며 말했다.

"하하하. 그런 일이 있었군요. 확실히 제임스 현은 할리우드에서도 알아주는 괴짜입니다. 하지만 능력만큼은 정말 확실한 인물이죠."

미처 알지 못했던 정보가 나올 것 같아 정호는 토비 워커를 부추겼다.

"그렇습니까?"

토비 워커가 대답했다.

"네, 아주 대단한 친구죠. 원래는 〈어벤져팀〉 시리즈의 CG 담당자였는데 그 과정에서 연출 능력을 인정받아 〈캡틴 유나이티드〉 시리즈의 조연출로 활동하기 시작했죠. 그때 〈캡틴 유나이티드 2〉와 〈캡틴 유나이티드 3〉의 성공에 일조한 것이 바로 제임스 현이고요. 알고 계시죠? 〈캡틴 유나이티드 1〉이 큰 성공을 맛보지 못한 것을? 그걸 뒤집어 놓은 게 제임스 현이라고 해도 과언이 아닙니다."

〈캡틴 유나이티드〉 시리즈는 정호도 봐서 알고 있었다.

확실히 〈캡틴 유나이티드 1〉은 앞으로의 〈캡틴 유나이티드〉 시리즈를 위해서 꼭 필요하긴 했지만 재미 쪽으로 조금 아쉬운 점이 있었던 것이 사실이었다.

호불호도 심하게 갈렸고.

하지만 〈캡틴 유나이티드〉 시리즈는 2편부터 확실히 재미가 배가됐다.

'그걸 제임스 현이 해냈다는 것인가……?'

토비 워커의 부연이 이어졌다.

"감독과 심하게 대립했답니다. 이렇게 만들어서는 또다시 재미가 없다는 평을 들을 게 확실하다며 크게 싸웠다고 하죠. 감독은 그게 무슨 말도 되지 않는 소리냐며 화를 냈지만 다음 날 제임스 현이 새로 써 온 대본을 보고 제임스 현의 말을 따랐답니다. 제임스 현이 새로 쓴 대본이 두 배는 더 재미있었던 것이죠."

정호는 기가 차다는 듯 "허." 하는 소리를 냈다.

아무리 기인이라지만 감독한테 그 정도로 대들기는 정말
쉽지 않기 때문이었다.

정호가 중얼거렸다.

"놀랍군요…… 그렇게 해서 대본이 받아들여지고 〈캡틴
유나이티드〉의 성공이 쭉 이어지게 되다니……."

토비 워커가 빙그레, 웃으며 답했다.

"그런데 놀랄 일은 이게 전부가 아닙니다. 이후 정식으
로 감독을 맡게 된 제임스 현은 미블 코믹스의 최대의 흥행
실패작으로 불리는 〈소울 라이더〉를 성공시키거든요."

정호가 놀라며 물었다.

"〈소울 라이더〉의 감독이 제임스 현이었습니까?"

정호의 말에 토비 워커는 미소를 지은 채 고개를 끄덕였다.

니콜라스 콜린스의 주연으로 유명한 〈소울 라이더〉는 미
블 코믹스의 흑역사였다.

단순히 흥행을 실패한 정도가 아니었다.

영화 자체가 너무나도 재미없어 원작 팬들은 존재 자체
를 부정하는 영화가 〈소울 라이더〉 시리즈였다.

'마치 TC 코믹스의 〈블루랜턴〉 시리즈와 같은 취급을
받았었지. 그런데 리부트된 이 영화를 흥행시킨 게 제임스
현이었다고?'

결국 〈소울 라이더〉는 3편까지 시리즈 전체가 참패를 맛봤다.

그 뒤, 자존심이 상한 데즈니가 곧바로 〈소울 라이더〉의 리부트를 선언했는데 그때 감독을 맡은 것이 제임스 현이었다.

'원작 팬들의 우려 섞인 시선을 받았지. 또다시 실패를 겪는다면 〈소울 라이더〉 시리즈의 영화화는 두 번 다시 제작되지 않을지도 모른다고 할 만한 상황이었으니까.'

하지만 〈소울 라이더〉는 보기 좋게 흥행에 성공했다.

또한 시리즈 전체에 대한 호평과 극찬이 끊이지 않았다.

'데즈니가 어째서 제임스 현에게 쩔쩔 매는지 이유를 알 것 같군. 그나저나 그런 제임스 현이 태식 씨를 직접 지목했다라…… 이거 왠지 더 기대되는걸?'

그렇게 시간이 흘렀고 그다음 주, 마침내 박태식이 미국 땅을 밟았다.

11장. 나서서 '을'이 될 필요는 없어

박태식의 미국 합류가 늦어진 것은 〈도넛 캘린더〉 때문
이었다.

한국과 북미에서 동시에 먼저 개봉한 〈도넛 캘린더〉는
한 달 정도의 시간을 두고 일본과 중국에 진출했다.

그런 까닭에 박태식은 일본과 중국을 오가며 광고 및 인
터뷰 촬영, 시사회 투어 등의 바쁜 일정을 소화해야 했다.

하지만 이게 끝이 아니었다.

다시 한 달 후, 〈도넛 캘린더〉의 유럽 개봉으로 비슷한
일정을 소화해야 했으며 곧이어 동남아시아와 오세아니아
쪽에서도 바쁘게 움직여야 했다.

그러다 보니 스케줄이 계속해서 뒤로 밀릴 수밖에 없었다.

동시에 박태식의 피로 역시 지속적으로 누적됐다.

'이번 미국행 비행기조차 이렇다 할 휴식기 없이 오른 셈이지. 〈도넛 캘린더〉 촬영 완료 후, 개봉 전까지 충분히 휴식을 취했기에 망정이지 그러지 않았다면 아예 쉴 틈도 없었을 거야.'

정호가 〈아마데우스 황〉의 오디션 날짜를 미루고 싶어 했던 이유가 여기에 있었다.

박태식의 휴식 시간을 조금이라도 벌어 줄 생각이었던 것이다.

'제임스 현의 개입으로 오디션 자체가 사라져서 다행이다. 덕분에 태식 씨는 미국에서 1, 2주 정도 휴식을 취할 수 있을 거야. 고된 촬영을 생각하면 길지 않은 휴식이지만 이정도로라도 시간을 번 것으로 만족해야지.'

정호는 이런 생각을 하며 공항에서 박태식을 기다렸다.

잠시 후, 박태식이 입국장을 나서는 것이 보였다.

정호가 박태식을 불렀다.

"태식 씨!"

정호를 발견한 박태식이 미소를 지으며 정호에게 다가왔다.

그러고는 말했다.

"안녕하세요, 총 대표님. 이렇게 직접 나와 주실 것까진 없었는데……."

내성적이고 소극적이던 처음 모습과는 다르게 이제 어딜 가도 제법 스타다운 태가 나는 박태식이었다.

하지만 정호 앞에서는 한결같이 겸손하고 순진한 청년의 모습이었다.

정호가 대답했다.

"태식 씨가 온다는데 다른 사람을 보낼 수 없죠. 이동하느라 수고하셨습니다. 많이 피곤하죠?"

정호의 말에 박태식은 고개를 가로저은 뒤 대답했다.

"아예 피곤하지 않다면 거짓말이겠지만, 그보다는 어서 〈아마데우스 황〉의 대본을 읽어보고 싶네요. 제가 미블 코믹스의 히어로 중 한 사람이 된다고 생각하니 흥분돼서 잠조차 오질 않았습니다."

박태식의 열정을 엿볼 수 있는 대목이었다.

'그러고 보니 태식 씨가 미블 코믹스의 팬이었지? 흥분과 열정을 동시에 느낄 만하군.'

정호가 속으로 이런 생각을 하며 대꾸했다.

"아쉽게도 아직 〈아마데우스 황〉의 대본을 입수하지 못한 상태입니다. 내일 〈아마데우스 황〉의 감독인 제임스 현이 직접 대본을 가지고 온다고 하더군요."

박태식의 눈이 동그랗게 커졌다.

미블 코믹스의 팬이라더니 제임스 현을 알고 있는 모양이었다.

그걸 확인시켜 주듯 놀란 목소리로 박태식이 말했다.

"제임스 현? 〈아마데우스 황〉의 감독이 정말 제임스 현입니까?"

정호가 고개를 끄덕이며 대꾸했다.

"네, 제임스 현입니다. 알고 계시는 모양이군요. 피곤하시겠지만 내일 직접 만나 보시겠습니까?"

◇ ◆ ◇

정호는 살짝 놀랐다.

이렇게나 박태식이 수다스러운 사람인지 처음 알았기 때문이었다.

제임스 현의 이름이 나오자마자 박태식은 흥분해서 떠들기 시작했다.

"당연히 만나야죠! 이런 기회를 놓친다면 평생 후회할거예요! 총 대표님도 아시겠지만 제임스 현은 정말 천재입니다! 혹시 〈소울 라이더〉를 보셨습니까? 원작을 교묘하게 비틀어 내용과 재미를 모두 잡아낸 〈소울 라이더〉는 최고의 역작이었죠! 섬세한 감정 묘사부터 센스 있는 대사까지……."

박태식의 얘기는 이동 중에도 길게 이어졌다.

그러다 보니 저절로 이런 생각이 들었다.

'제임스 형과 같이 붙여 두면 가관이겠는걸? 엄청난 수다의 향연이겠어.'

키득키득, 웃음이 나올 정도로 상상만으로도 재미있는 그림이었다.

하지만 그게 꼭 좋은 것은 아니었다.

오히려 악영향을 끼칠 가능성이 있었다.

정호는 그 점을 경계했다.

'지금은 서로가 서로를 짝사랑하는 상태다. 제임스 형은 태식 씨를, 태식 씨는 제임스 형을. 한마디로 정리해서 서로가 먼저 을이 되겠다고 나서고 있는 상황이라고 할 수 있지.'

이런 상황에서 그냥 두 사람이 만난다면 의도와는 다르게 서로 마음이 어긋날 수 있었다.

예의나 겸손은 언제나 '거리감'을 수반하는 법이기 때문이었다.

여전히 신나서 떠들고 있는 박태식에게 정호가 말을 걸었다.

"태식 씨."

박태식이 대답했다.

"네?"

진지한 표정을 한 채 정호가 말했다.

"한 가지 당부하고 싶은 말이 있습니다. 태식 씨가 그렇게나 칭찬하고 있는 제임스 현은 사실…… 태식 씨를 무척이나 원했어요. 태식 씨를 얻기 위해 데즈니 직원들 앞에서 깽판을 칠 정도로요. 그래서 저는 무척이나 걱정입니다. 태식 씨가 제임스 현 앞에서도 이런 모습을 보일까 봐요."

제임스 현이 자신을 무척이나 원했다는 얘길 듣고 기쁜 듯 흥분한 기색이 역력하던 박태식의 표정이 마지막 말을 듣고 한순간에 딱딱해졌다.

정호가 우려하는 바가 무엇인지 확실히 깨달은 것이었다.

잠시 생각을 정리한 박태식이 정호를 향해 말했다.

"총 대표님이 어떤 부분을 우려하시는지 알겠습니다. 제가 배우라는 스스로의 신분을 망각했군요."

정호가 웃으며 대답했다.

"맞습니다. 태식 씨는 배우입니다. 그 점을 잊어서는 안 돼요. 심지어 제임스 현뿐만 아니라 후트 셔젤과 같은 할리우드의 명장들이 함께 작업하기를 학수고대하고 있는 배우라는 사실까지도."

박태식이 고개를 끄덕였다.

"명심하겠습니다."

◇　◆　◇

　다음 날, 예상대로 제임스 현은 박태식을 보자마자 난리
를 쳤다.

　"아마데우스 황이 방금 스크린 밖으로 튀어나온 것 같군
요! 완벽해요! 박태식 씨만 있으면 대본 같은 건 필요 없겠
습니다! 이런 건 찢어 버려야겠어요!"

　제임스 현은 진짜 〈아마데우스 황〉의 대본을 찢으려고
했다.

　그런 제임스 현의 행동을 동행한 데즈니의 직원, 캐논 레
위스가 뜯어말렸다.

　"창피하게 왜 이래요? 제발 당장 그만둬요!"

　제임스 현이 몸부림치며 말했다.

　"놔! 이딴 대본은 필요 없어! 진짜 아마데우스 황한테 대
본을 보며 아마데우스 황을 연기하라고 할 순 없지!"

　박태식은 그런 제임스 현의 행동을 멍하니 바라봤다.

　그만큼 충격적인 기행이었다.

　'어제의 조언이 굳이 필요없었나? 저 정도로 격렬하게
을을 자처하는데 어떻게 이겨……'

　정호는 이런 생각을 하며 제임스 현을 향해 말했다.

　"대본은 찢지 마세요. 태식 씨가 대본을 무척이나 기대
하고 있었거든요."

이 한마디에 대본을 거의 갈기갈기 찢을 기세였던 제임
스 현이 행동을 멈추고 웃는 얼굴을 했다.

"박태식 씨께서 그렇게나 기대하셨다면 보여 드려야죠!
다만 좀 부끄럽네요! 대본 여기 있습니다."

제임스 현이 진짜 부끄러워하며 박태식에게 대본을 건넸
다.

한 손으로 얼굴을 가린 채 다른 한 손을 뻗어서 대본만을
건네는 꼴이 가관이었다.

그렇게 박태식은 멍한 얼굴로 제임스 현이 건넨 대본을
받아 들었다.

다행히 받아 든 〈아마데우스 황〉의 대본은 찢긴 곳 없이
멀쩡해 보였다.

'태식 씨가 대본을 기대하고 있다는 말을 기다린 건가?
하여튼 제임스 현은 정말 독특한 사람이군.'

정호가 이런 생각을 하는 동안 박태식이 〈아마데우스 황
〉의 대본을 읽기 시작했다.

배우답게 한없이 진지한 표정이었다.

그러자 옆에서 그 모습을 지켜보고 있던 제임스 현이 초
조해하기 시작했다.

자신의 대본이 어떤 평가를 받을지 무척이나 떨리는 모
양이었다.

'그와 반대로 캐논 레위스는 무척이나 여유로워 보이는군.

계약까지 끝난 마당에 투자자 측이 이런 일로 초조해할 이유가 없다는 건가? 하긴 제임스 현이 날뛰는 게 아니라면 캐논 레위스가 긴장할 이유가 전혀 없지.'

한참 사락사락하고 대본 넘기는 소리만 들렸다.

박태식을 제외한 모든 사람들이 박태식이 대본을 보는 모습을 잠자코 지켜봤다.

마침내 박태식이 대본에서 눈을 떼며 말했다.

목소리에는 감탄이 담겨 있었다.

"무척이나 재미있군요."

박태식의 말을 듣자마자 제임스 현의 표정이 밝아졌다.

그리고 다시금 주변이 떠들썩해지기 시작했다.

"그렇습니까? 다행이군요! 대본이 완성된다면 더 재미있을 겁니다! 지금은 딱 절반 정도만 완성이 된 상태거든요! 하지만 그렇다고 너무 기대하진 마세요! 뒷부분은 액션신이 많아서 대본도 상상의 여지가 많은 쪽으로 나올 거니⋯⋯."

박태식은 고개를 끄덕이며 제임스 현의 장황한 설명을 들었다.

어제 정호가 조언한 탓인지 흥미를 느끼는 눈빛을 하고 있음에도 불구하고 적극적으로 호응은 하지 않는 듯한 인상이었다.

하지만 그것으로 듣는 쪽이나, 말하는 쪽이나 모두 즐거운 상황이 연출됐다.

자연스럽게 두 사람이 친해지고 있었던 것이다.

'좋아, 첫 단추를 잘 꿴 것이나 다름없다. 서로가 서로를 만족스럽게 여기는 것 같군.'

◇ ◆ ◇

〈아마데우스 황〉에 합류할 배우들이 하나둘 결정됐다.

히로인이 될 여자 배우부터 악역을 맡을 배우까지, 모든 배우가 캐스팅되는 데 딱 한 달의 시간이 추가적으로 소요됐다.

그사이 영국에서는 드라마 〈셜리 홈즈〉의 촬영이 시작됐다.

"어때, 여운아? 촬영은 할 만해?"

정호의 말에 수화기 너머의 강여운이 답했다.

"물론이죠. 현장 분위기도 무척이나 좋고 지금까지 촬영된 부분도 꽤나 만족스러워요."

정호가 고개를 끄덕이며 대꾸했다.

"다행이네. 봉팔이랑 강 이사는 잘 지내고 있고?"

강여운이 후후후, 웃으며 말했다.

"잘 지내고 계시죠. 오빠한테 전화가 안 온다고 자주 툴툴거리기는 하지만요."

정호는 볼을 한 차례 긁적인 뒤, 대답했다.

"바빠서 어쩔 수 없었어. 제이미와 토비의 퇴사 문제만으로도 골치가 아팠으니깐."

그랬다.

정호는 컬처 필드의 미국 지부 설립 때문에 굉장히 바쁜 나날을 보내고 있었다.

박태식의 〈아마데우스 황〉 출연과 더불어 컬처 필드의 투자가 결정된 상황이니 더 이상 컬처 필드 미국 지부의 건립을 지체할 이유가 없다는 게 정호의 판단이었다.

그리고 그 판단대로 현재 일을 진행하는 중이었다.

강여운이 동의한다는 듯 얘기했다.

"알고 있죠. 오빠가 얼마나 바쁜지. 다만 봉팔 오빠랑 강 이사님은 그걸 모를 거라는 얘기예요."

정호는 강여운이 무슨 말을 하는지 알고 항복했다.

"알았어, 알았어. 연락할게."

강여운이 "네, 꼭 좀 부탁해요. 달래 주는 것도 이제 한계거든요."라고 말한 뒤 물었다.

"그나저나 〈아마데우스 황〉 준비는 어떻게 되고 있어요? 준비 거의 끝난 거 아니었어요?"

정호가 씩, 웃으며 말했다.

"끝났지. 내일부터 촬영 시작이야."

매니지먼트 제왕

12장. 태식 씨, 미안하지만

영화 초반부의 아마데우스 황은 히어로라고 불리기엔 부족한 점이 있었다.

똑똑한 두뇌를 타고난 반면 신체 능력은 평범한 인간 수준에 불과했기 때문이었다.

그런 까닭에 영화의 극초반부에서 아마데우스 황은 '당하는 쪽'이었다.

지금 촬영하는 장면은 천재 소년이라는 자부심으로 똘똘 뭉친 아마데우스 황이 비누 회사의 '젊은 천재 콘테스트'에서 손쉽게 우승하는 도입부였다.

아마데우스 황의 불행이 시작되는 결정적인 장면이라고

할 수 있었다.

최고 중의 최고라고 평가받는 미블 코믹스의 스태프들이 분주하게 움직이며 촬영 준비를 마쳤다.

CG가 전혀 들어가지 않는 장면이다 보니 촬영은 '젊은 천재 콘테스트' 현장처럼 꾸며진 야외 스튜디오에서 진행됐다.

제임스 현이 바쁘게 움직이며 촬영 준비가 완료됐는지 확인했고 잠시 후 긴장된 얼굴로 "레디, 액션!"을 외쳤다.

그러자 순식간에 아마데우스 황이 된 박태식이 의기양양한 태도로 주변을 관찰하기 시작했다.

아마데우스 황 옆에는 '젊은 천재 콘테스트'의 참가자로 보이는 여러 명의 학생들이 함께하고 있었다.

대망의 우승자를 발표할 시간이었던 것이다.

익살맞은 인상의 사회자가 큐 카드의 지시대로 발표를 시작했다.

"가장 청결하게, 가장 깨끗하게. 지상 최대의 비누 회사 엑셀란이 개최한 '젊은 천재 콘테스트'의 우승자를 발표하겠습니다. 우승자는…… 아마데우스 황!"

우승자 발표와 함께 환호와 박수 소리가 쏟아졌다.

하지만 조금은 맥이 빠진 듯한 인상의 환호와 박수 소리였다.

그럴 수밖에 없었다.

아마데우스 황은 '젊은 천재 콘테스트' 내내 다른 참가들을 압도했기 때문이었다.

진짜 천재 아마데우스 황의 앞에서 다른 참가자들은 반딧불이에 불과했다.

아마데우스 황은 커다란 보름달이었고.

사회자로부터 상금과 마이크를 건네받은 아마데우스 황이 우승 소감을 발표했다.

"당연한 결과입니다. '젊은 천재 콘테스트'에 진짜 천재는 딱 한 명만 참가했거든요. 그러니깐 환호하지 마시고 박수도 치지 마세요."

오만하기 짝이 없는 발언이었다.

"우우우우!"

"원숭이이이이이!"

"꺼져라!"

관객 중에는 다른 참가자들이 가족도 있었고 그러다 보니 자연스럽게 이런 비난들이 쏟아졌다.

하지만 아마데우스 황은 양손을 번쩍 든 채 오만한 표정으로 그들을 내려다볼 뿐이었다.

어차피 우승자는 자신이었다.

◇ ◆ ◇

하지만 아마데우스 황은 몰랐다.

이러한 오만함이 자신의 가족들을 위험에 빠뜨릴 것이라는 것을.

집으로 돌아온 아마데우스 황은 우승 소식을 가족들에게 알리지 않았다.

애초에 가족들은 아마데우스 황이 '젊은 천재 콘테스트'에 참가했다는 사실조차 모르고 있었다.

어차피 이것은 단순히 용돈벌이에 지나지 않았다.

매달 받는 적은 용돈으로는 자신이 원하는 전자기기의 최신 부품을 구입하기가 힘들었기 때문이었다.

아마데우스 황은 천재적인 두뇌의 소유자답게 전자기기를 잘 다뤘고 해킹과 같은 분야에서도 탁월한 능력을 선보였다.

날아오는 주먹세례마저도 순간적으로 계산하여 피해 낼 줄 아는 사람이 아마데우스 황이었다.

전자기기를 다루는 일이나 해킹 같은 일은 아마데우스 황에게 식은 죽 먹기였다.

집으로 돌아온 아마데우스 황은 밥부터 찾았다.

"다녀왔습니다. 배고파요."

한국에서 미국으로 건너와 애지중지 자신을 키우고 있는

어머니가 대답했다.

"찬장에 시리얼이 있어. 꺼내 먹으렴."

아마데우스 황은 시리얼에 우유를 부어 먹기 시작했다.

설거지를 하고 있던 어머니가 그런 아마데우스 황에게
물었다.

"그나저나 아마데우스, 청소를 하려고 방에 들어갔더니
처음 보는 물건이 잔뜩 있던데 전부 어디서 산 거니?"

열심히 시리얼을 먹고 있던 아마데우스 황이 탁, 하고 수
저를 내려놓았다.

"내 방에 들어갔어요?"

어머니가 어깨를 으쓱, 하며 대답했다.

"어쩔 수 없었어. 네가 애완동물로 키우고 있는 곰팡이
의 냄새가 문틈으로 새어 나왔거든."

아마데우스 황이 자리에서 벌떡 일어나 소리쳤다.

"가만히 놔두라고 했잖아요! 왜 엄마는 자꾸 남의 사생
활을 침범해요!"

아마데우스 황은 그대로 가방을 챙겨 집밖으로 뛰쳐나갔다.

등 뒤로 어머니가 아마데우스 황의 이름을 여러 차례 부
르는 소리가 들려왔지만 대답하지 않았다.

대신 이렇게 중얼거렸다.

"지긋지긋한 가난. 지긋지긋한 멍청함."

◇ ◆ ◇

박태식의 엄청난 몰입 능력으로 여기까지의 촬영은 순조롭게 끝마쳤다.

NG 한 번 없는 완벽한 촬영이었다.

오케이 사인을 낸 제임스 현이 정호 옆에서 호들갑을 떨었다.

"박태식 씨는 정말 대단해요! 장면은 평범합니다. 그래요, 저도 인정한다고요. 방금 찍은 두 신은 누구나 연기할 수 있는 평범한 장면에 불과하죠. 하지만 박태식 씨는 다릅니다. 왜냐고요? 표정 하나로 아마데우스 황의 유년 시절을 완벽하게 연기하고 있기 때문이죠! 지금 저 얼굴이 보이십니까? 저 얼굴로 10살이나 어린 아마데우스 황의 내면과 외면을 모두 표현했어요! 심지어 더욱 놀라운 점은 분장 하나 바꾸지 않고 이제 조만간 5살의 나이를 더 먹은 아마데우스 황을 연기할 거란 사실이죠! 흥분됩니다! 너무 흥분돼요!"

그렇게 한참이나 박태식을 향한 제임스 현의 낯 뜨거운 칭찬이 이어졌지만, 박태식은 몰입을 핑계로 슬그머니 자리를 피했고 제임스 현의 모든 얘기는 정호가 감내해야만 했다.

정호는 "네, 네. 정말 그렇군요." 하고 추임새를 넣으며 이마를 부여잡았다.

제임스 현은 알면 알수록 골치 아픈 상대였다.

단순히 수다스럽다는 점이 정호를 고통스럽게 하는 것은 아니었다.

그보다는 근본적인 문제가 정호를 괴롭혔다.

'오늘도 칭찬만을 늘어놓을 생각인가? 도대체 속내가 뭐지?'

사실 제임스 현의 칭찬은 박태식에게만 한정된 것이 아니었다.

제임스 현은 누구에게나 칭찬을 아끼지 않았고 그 칭찬들은 전부 다 과한 면이 있었다.

뿐만 아니라 칭찬의 방향은 현재만을 향하지 않았다.

아직 촬영이 시작되지도 않은 장면까지 끌어와 '기대가 된다느니.', '분명 잘할 거라느니.' 하는 칭찬들을 쏟아 냈기 때문이었다.

그게 은근히 배우들에게 부담을 주고 있었다.

'일부러 그러는 건가? 그렇다고 하기에는 너무 자연스러운데⋯⋯.'

개성이라는 게 있긴 하지만 대체로 감독이나 배우는 모두 장면에 대한 욕심이 있기 마련이다.

배우는 더 좋은 연기를 하기 위해, 감독은 더 좋은 장면을 뽑아내기 위해 욕심을 부리는 것이다.

하지만 제임스 현에게는 그러한 감독다운 태도가 전무하다 싶을 정도로 엿보이지 않았다.

일부러 그런다고 하기에도 제임스 현의 행동은 지나치게 자연스러웠다.

이러한 부분이 배우들을 비롯한 매니저들까지 불안하게 만들었다.

'뭘까? 원래 모든 것에 쉽게 만족하는 성격인 걸까? 하지만 〈캡틴 유나이티드〉의 촬영 중에는 감독과 빈번히 다툼을 벌였다고 알고 있는데⋯⋯.'

고민할수록 미궁에 빠지는 기분이었다.

◇ ◆ ◇

아마데우스 황은 샌드위치로 간단히 끼니를 때웠다.

그런 뒤, 마음에 드는 물건을 찾기 위해 골동품상 쏘다녔다.

다행히 마음에 드는 물건을 찾을 수 있었다.

"이건 뭐죠? 꽤 좋아 보이는데?"

아마데우스 황의 말에 골동품상이 주인이 껄껄 웃으며 대답했다.

"역시 아마데우스의 눈은 못 속이겠군."

아마데우스 황이 눈살을 찌푸리며 말했다.

"무슨 소리예요? 제발 알아봐 달라고 티를 팍팍 내는 위치에 놓여 있구만. 오히려 못 알아보면 바보 아니에요?"

골동품상 주인이 머리를 긁적였다.

"그런가? 그럴 수도 있겠네. 하여튼 그 물건은 굉장한 물건이야. 소코니아에서 들여온 것이거든."

그 한마디 말로 아마데우스 황은 물건의 정체를 알 수 있었다.

그것은 스파크사에서 미처 회수하지 못한 울버튼의 부품 중 일부였다.

아마데우스 황이 물었다.

"얼마예요?"

골동품상 주인이 지체 없이 대답했다.

"6천 달러."

아마데우스 황도 지지 않고 입을 열었다.

"4천 달러."

골동품상 주인이 고개를 저었다.

"안 돼. 5천 5백 달러."

아마데우스 황이 꿋꿋하게 대답했다.

"4천5백 달러. 추가로 내가 입던 팬티 한 장."

골동품상 주인이 소리쳤다.

"필요 없어, 그딴 팬티! 5천 달러!"

결국 최종적으로 확정된 금액은 '5천 달러'였다.

우승 상금을 모두 쏟아부어야 할 만큼 가격이 비싸긴 했지만 충분히 구매할 만한 가치가 있다고 생각하며 아마데우스 황은 그 부품을 구입했다.

돈을 지불하며 말했다.

"정말 팬티 필요 없어요?"

그렇게 만족스러운 거래를 한 뒤 늦은 저녁, 집으로 돌아가는 길이었다.

집에 거의 도착했을 때 갑자기 해가 뜬 것처럼 집 주변이 밝아지는 듯한 느낌이 들었다.

'응, 뭐지?' 하는 표정으로 아마데우스 황이 고개를 들었다.

아마데우스 황의 눈에 들어온 것은 미사일이었다.

엄청난 불을 뿜고 날아오고 있는 미사일.

아마데우스 황의 머리가 빠르게 움직였다.

그리고 순식간에 미사일의 궤적이 자신의 집을 향한다는 사실을 계산해 냈다.

아마데우스 황이 자신의 집을 향해 전속력으로 달렸다.

"도망쳐요!"

하지만 미사일은 아마데우스 황의 뜀박질 속도보다 빠르게 집에 도착했다.

폭파 직전, 아마데우스 황이 소리쳤다.

"안 돼에에에에에!"

하지만 곧 아마데우스 황의 목소리가 굉음에 묻혔다.

집이 폭파된 것이다.

폭파 장면은 NG 없이 가야 하는 장면이었다.

천문학적인 액수가 드는 폭파 장면을 여러 번 찍을 수가 없었기 때문이었다.

미사일이 날아오는 장면이나 폭발로 집이 화염에 휩싸이는 장면 등에는 CG가 가미될 예정이었지만 집이 폭파되는 장면만큼은 순수하게 진짜 폭발물을 설치하여 폭파할 예정이었다.

그런 까닭에 많은 돈이 투입될 수밖에 없었다.

또한 배우의 안전을 위해서라도 가장 완벽한 장면을 한 번에 만들어 내는 것이 중요했다.

제임스 현도 평소와는 달리 조금 긴장한 표정으로 현장을 지휘했다.

"리허설 한 번만 더 갑시다! 태식 씨 지금 집이랑 너무 가까운 것 같아요!"

그런 식으로 수차례 리허설이 진행됐다.

다행히 금세 합의점을 찾아 리허설을 완료할 수 있었다.

"그럼 이렇게만 갑시다. 레디, 액션!"

제임스 현의 시작 사인과 함께 박태식의 연기가 시작됐다.

계획대로 촬영이 진행됐고 아마데우스 황을 연기하는 박태식이 외쳤다.

"안 돼에에에에에!"

하지만 큰 소리와 함께 폭발이 일어난 이후에도 좀처럼 오케이 사인은 떨어지지 않았다.

폭발 소리 때문에 못 들었나 싶어서 스태프들이 제임스 현을 바라봤지만 제임스 현은 뭔가 고뇌에 잠긴 듯 입을 열지 않고 있었다.

정호가 속으로 생각했다.

'설마……'

잠시 후, 긴 침묵 끝에 제임스 현이 말했다.

"태식 씨, 미안하지만…… 한 번만 더 부탁할 수 있을까요?"

매니지먼트

13장. 가장 연기에 굶주린 늑대

제임스 현의 애길 듣자마자 촬영장이 웅성거리기 시작했다.

대부분의 배우들과 스태프들이 황당하다는 표정을 지었다.

일부 제임스 현과 작업을 벌여 본 스태프들은 말없이 조용히 고개만 끄덕였고.

당연한 반응이었다.

앞서 말했듯이 폭발 장면은 천문학적인 액수가 소요됐다.

세트 자체도 비쌌지만 폭발물 설치하고 카메라를 추가적으로 배치하는 등의 비용이 만만찮았다.

그런 까닭에 웬만하면 NG 없이 한 번에 진행하는 게 옳았다.

'그런데 재촬영을 하겠다고? 말이 된다고 생각하는 건가?'

하지만 제임스 현은 한 치의 흔들림도 없었다.

웅성거림을 무시한 채 재촬영 요구가 당연하다는 듯 박태식을 향해 한 번 더 물었다.

"태식 씨, 한 번만 더 가 주실 수 있을까요?"

박태식은 주변 분위기를 살피며 당황했다.

"네, 네?"

그런 상황을 두고 보다가 결국 참다못한 캐논 레위스가 나섰다.

"이게 무슨 짓이에요, 제임스? 정말 재촬영을 할 생각입니까?"

캐논 레위스의 물음에 제임스 현이 답했다.

"물론입니다. 이 장면 이후 영화상으로 5년이라는 시간이 순식간에 스킵됩니다. 다시 말해서 방금 태식 씨가 연기한 정도의 슬픔과 애환으로는 관객을 설득시킬 수 없다는 뜻이에요. 게다가 저는 태식 씨가 이보다 더 훌륭하게 아마데우스 황을 소화할 수 있다는 걸 알고 있습니다. 지금까지의 촬영에서 늘 그래 왔듯이."

일리가 있는 말이었다.

박태식의 연기는 나쁘지 않았다.

하지만 나쁘지 않았을 뿐이었다.

박태식이라면 더 훌륭하게 방금 장면을 소화할 수 있었을 것이다.

캐논 레위스가 대답했다.

"하지만 그렇다고 해도 재촬영은 찬성할 수 없습니다. 돈 때문이 아니에요. 시간의 문제입니다. 아무리 미블 코믹스의 스태프들이 유능하다지만 주변을 정리하여 세트를 다시 정리하고 폭발물을 설치하는 데 족히 4일 이상이 소요될 테니까요. 초반부터 촬영 일정이 4일이나 밀려 버리면 나중에 배우들과 스태프들이 감당해야 할 피로도는 분명 급증할 겁니다."

지금은 3일을 촬영하고 하루를 쉬는 방식으로 촬영이 이뤄지고 있었다.

보통 이게 세계적으로 통용되는 영화 산업 전반의 촬영 일정이었다.

하지만 후반부로 갈수록 쉬는 날 없이 촬영이 이뤄지는 경우가 다반사였다.

원하는 장면을 찍기 위해 감독과 배우가 욕심을 부리기 때문이었다.

그래서 초반에 촬영분을 최대한 많이 찍어 두고 필요한 장면에 한해서 추가 촬영을 하는 식으로 일을 진행하는 것이 좋았다.

그러지 않고 초반부에 너무 달리면 후반부에 배우들과 스태프들이 골병이 날 수밖에 없었다.

　캐논 레위스는 이 점을 지적하고 재촬영을 반대하는 것이었다.

　제임스 현이 진중한 표정으로 캐논 레위스를 가만히 들여다보다가 입을 열었다.

　"우려하시는 점이 무엇인지 알겠습니다. 돈 문제를 생각하지 않는다고 하시지만, 시간 소요로 인력 사용 비용까지 추가돼서 엄청난 액수의 돈이 깨진다는 것도 잘 알고 있고요. 하지만 이 영화를 보러 올 수많은 팬들을 배반할 수 없습니다. 저에게는 완벽에 가까운 〈아마데우스 황〉을 만들 의무가 있어요. 그래서 제가 지금 감독이라는 직함을 달고 여기에 있는 것이죠. 걱정 섞인 얼굴로 저를 바라보시는 스태프들도, 태식 씨와 같은 〈아마데우스 황〉에서 진짜 사람처럼 숨 쉬고 행동해야 하는 배우들도 마찬가지입니다. 안 그렇습니까, 태식 씨?"

　박태식은 잠깐 고민하더니 대답했다.

　"제 부족함 때문에 많은 분들을 곤란에 빠뜨렸군요. 하지만 감독님의 말이 맞습니다. 세 번의 촬영은 없도록 연기를 준비하겠습니다. 재촬영을 부탁드립니다."

　박태식의 말에 캐논 레위스가 끙 하는 소리를 내며 항복했다.

주연 배우까지 이렇게 나오는 상황에서 마냥 반대만을 할 수 없었기 때문이었다.

그렇게 재촬영이 결정됐다.

◇ ◆ ◇

스태프들은 분주하게 뛰어다니기 시작했다.

오늘 촬영은 현실적으로 불가능하니 필요 없는 장비를 치우고 폭발 현장 주변을 정리하여 새로운 세트를 세울 자리를 확보하기 위한 움직임이었다.

제임스 현은 분주하게 오가며 현장을 지휘했다.

그런 제임스 현의 곁으로 정호가 다가갔다.

정호를 다가오는 것을 발견한 제임스 현이 물었다.

"총 대표님도 반대를 하러 오신 겁니까?"

정호가 고개를 저으며 대답했다.

"아닙니다. 그저 다른 문제로 여쭤보고 싶은 것이 있을 뿐입니다. 더 좋은 연기를 펼칠 수도 있었지만 분명 태식 씨의 연기는 나쁘지 않았습니다. 충분히 관객을 설득시킬 수 있는 선이었다고 생각이 되고요. 그런데도 감독님은 무리한 재촬영을 감행하고 있습니다. 이유가 뭡니까? 그렇게 해서 얻고자 하는 것이 무엇이죠?"

정호의 말에 제임스 현이 피식, 하고 웃었다.

그러고는 입을 열었다.

"어차피 총 대표님의 눈과 귀는 속일 수 없을 거라고 생각했습니다. 솔직히 말씀드리죠. 저는 이번 폭발 장면에서 태식 씨의 긴장이 풀려 버렸다고 생각했습니다. 이전까지의 연기들은 전부 좋았어요. 정말로요. 하지만 늘 불안감에 시달릴 수밖에 없었습니다. 언제라도 태식 씨의 긴장이 풀려서 평소보다 못한 연기가 나올 것 같았거든요. 그리고 하필이면 폭발 장면에서 그런 연기가 나온 것이죠."

정호가 고개를 끄덕였다.

확실히 박태식의 연기는 평소보다 굉장히 평범했던 것이 사실이었다.

박태식의 아마데우스 황이 아니라 누구라도 흔히 떠올릴 수 있는 아마데우스 황을 연기한 느낌이었다.

'긴장이 풀렸다라…… 그래, 그랬던 것 같군. 감독의 눈으로 봤으니 더 정확할 거야.'

정호가 생각에 빠져 있을 때 제임스 현이 말을 이었다.

"저는 선택을 해야 했습니다. 천문학적인 손해와 태식 씨의 연기 중에서. 그리고 선택을 내렸죠."

어느 정도 납득이 갔다.

하지만 그렇다고 해서 의문이 완전히 풀린 것은 아니었다.

정호가 말했다.

"그렇다면 처음부터 태식 씨에게 칭찬을 해 주지 않으면 됐을 거 아닙니까?"

제임스 현이 고개를 저으며 대답했다.

"그랬다면 폭발 장면까지의 좋은 연기가 나오지 않았겠죠. 제가 밀어붙였다면 다소 소극적인 성격의 태식 씨는 긴장할 가능성이 높았을 테니까요."

정호는 속으로 살짝 놀랐다.

'태식 씨의 성격까지도 파악하고 있었던 건가? 역시 만만하게 볼 상대가 아니었어.'

그렇게 생각을 정리한 정호가 빙그레 웃은 뒤 입을 열었다.

"태식 씨의 성격이라…… 재미있군요. 하지만 칭찬을 해 주지 않아도 태식 씨는 좋은 연기를 펼쳐 보였을 겁니다. 몰아붙였다고 해도 마찬가지고요. 태식 씨는 그런 사람입니다. 제가 보아 온 사람들 중에서 태식 씨는 단연코 '가장 연기에 굶주린 늑대'이니까요."

제임스 현이 대답했다.

"부디 그랬으면 좋겠군요."

정호가 고개를 끄덕였다.

"그럴 겁니다."

그때 정호의 머릿속으로 익숙한 목소리 하나가 끼어들었다.

─시간을 결제하시겠습니까?

정호가 그 목소리를 향해 속으로 대꾸했다.

'결제한다.'

◇ ◆ ◇

처음부터 이럴 생각이었다.

앞서 열거했듯이 재촬영의 부담이 너무나 컸기 때문이었다.

폭발 장면 전으로 돌아온 정호는 박태식부터 찾았다.

현장은 한창 촬영 준비로 정신이 없고 분주한 상황이었다.

"그쪽에 카메라 제대로 설치했어?"

"서둘러서 옮겨! 폭발 여파에 파편이 휩싸이면 사람이 다친다고!"

"소방수분들 시원한 커피 한 잔씩 마시면서 대기하시죠?"

다행히 박태식은 금방 눈에 들어왔다.

촬영장 한쪽에 앉아 대본을 읽으며 메이크업을 받고 있었던 것이다.

정호는 박태식에게 다가가며 어떻게 말을 해야 할까 고심했다.

그냥 얘기를 꺼낼 수는 없었다.

박태식은 배우였다.

다시 말해서 연기를 하늘이 내려준 업으로 생각하는 사람이라는 뜻이었다.

그런 사람에게 함부로 '감독이 걱정하고 있으니 긴장감을 가지고 제대로 연기를 하라.' 라고 말할 수는 없었다.

그랬다간 자존심에 상처를 받을 가능성이 높았다.

정호에게 그 사실을 티를 내지 않겠지만.

그렇게 생각을 정리한 정호가 박태식을 불렀다.

"태식 씨."

박태식이 대본에서 눈을 떼며 반응했다.

"총 대표님, 오셨습니까? 좋은 아침입니다."

정호가 늘 그래 왔던 것처럼 물었다.

"컨디션 어때요? 오늘 꽤 중요한 촬영인데?"

박태식은 긴장감 없이 기계적으로 대답했다.

"나쁘지 않습니다. 평소랑 비슷해요."

보통의 경우라면 고개를 끄덕이며 '컨디션이 나쁘지 않구나.' 생각한 뒤 상황을 넘길 것이다.

하지만 이번에는 그럴 수 없었다.

이후에 박태식이 폭발 장면에서 어떤 연기를 보여 줄지 알고 있었기 때문이었다.

정호는 어떤 징후를 감지하려는 사람처럼 찬찬히 박태식을 살폈다.

뭔가 낌새가 이상했는지 박태식이 살짝 긴장했다.

"왜 그러세요?"

박태식의 물음에 정호가 대꾸했다.

"그냥 평소와 조금 다른 느낌이 나서요. 폭발 장면이 '굉장히 중요한 장면'이라서 그런가요?"

이렇게 말하자 박태식이 호응했다.

"하긴 저도 조금 이상한 느낌입니다. 중요한 촬영인데도 왠지 자꾸 마음이 풀어진다고나 할까요?"

정호가 눈을 빛냈다.

이쯤이면 조금 더 얘길해 봐도 괜찮다는 생각이 들었던 것이다.

"확실히 오늘은 조심해야 할 것 같습니다."

정호의 말을 박태식이 받았다.

"네. 조심해야죠. 폭발 장면은 부상의 위험성이 있으니까요."

하지만 정호가 그게 아니라는 듯 고개를 저으며 대답했다.

"조심해야 할 건 그게 아닙니다. 제임스 현이에요."

박태식이 살짝 놀라며 물었다.

"제임스 현이요?"

정호는 한 차례 고개를 끄덕인 뒤 말했다.

"네, 제임스 현이요. 마냥 사람이 좋아 보이지만 속내를 알 수 없는 사람이에요. 너무 칭찬을 많이 하는 게 누군가의 실수를 기다리는 듯한 인상이기도 하고요."

박태식이 잠깐 생각에 잠겼다.

그러고는 잠시 후, 입을 열었다.

"돌이켜 생각해 보니 확실히 그런 느낌이 있었던 거 같군요. 긴장하고 연기를 해야 할 것 같습니다."

정호가 빙그레 웃으며 박태식의 어깨를 토닥여 줬다.

"걱정 마세요. 태식 씨는 지금껏 아주 잘해 왔습니다. 지금까지 해 왔던 것처럼 연기하면 될 거예요."

정호는 그렇게 말하고 나서 현장을 훑어보겠다며 자리를 떴다.

슬쩍, 고개를 돌려 보니 달라진 눈빛으로 대본을 읽고 있는 박태식이 보였다.

폭발된 집을 보며 아마데우스 황은 한동안 말을 잇지 못했다.

슬픔에 잠긴 모습이었다.

그러다가 한참 후, 소리 없는 눈물을 흘리기 시작했다.

동시에 턱이 덜덜 떨렸고 얼굴 전체가 일그러졌지만, 눈물만 흘릴 뿐 쉽게 소리가 튀어 나오지 못했다.

슬픔과 후회가 아마데우스 황의 목소리를 앗아간 것만 같았다.

그런 뒤 단번에 소리가 튀어나왔다.

"크아아아아아악!"

그리고 아마데우스 황은 바닥을 구르며 처절하게 몸부림을 쳤다.

뒤늦게 튀어나온 슬픔과 후회가 아마데우스 황을 발작하게 만든 것이다.

그렇게 십 초 정도가 지났다.

시간 결제 전과 달라진 박태식의 연기를 본 제임스 현이 단번에 오케이 사인을 냈다.

"컷! 오케이!"

그와 함께 박태식의 연기를 보며 눈물을 흘리던 스태프 몇몇이 소리 내어 울었다.

조금도 이상하지 않은 반응이었다.

정호조차도 달라진 박태식의 엄청난 연기에 충격을 받았을 정도였다.

제임스 현이 여전히 울고 있는 박태식에게 성큼 다가가 말했다.

"잘했습니다. 아주 잘했어요. 그리고 고맙습니다."

폭발 장면과 함께 박태식의 연기력이 폭발했다는 걸 제임스 현이 인정하는 순간이었다.

박태식의 연기는 '가장 연기에 굶주린 늑대' 다웠다.

14장. 러시안룰렛

이후의 촬영도 순조로웠다.

박태식은 매 순간 최선을 다했고 항상 최고의 연기를 선보였다.

제임스 현은 그런 박태식에 만족해했다.

특히 긴장감이 풀어지던 순간에 스스로 정신을 차린 박태식에 대해서 높은 평가를 하기도 했다.

"정말 대단해요! 솔직히 저는 조만간 태식 씨가 매너리즘에 빠질 거라고 생각했습니다! 하지만 제 생각을 보기 좋게 산산조각 내 버렸군요! 태식 씨는 제가 아는 가장 프로페셔널한 배우입니다!"

제임스 현의 말을 듣고 박태식은 씨익, 하고 웃어 보였다.

몇 달간 촬영을 함께하면서 제임스 현의 화법에 익숙해진 덕분에 보일 수 있는 반응이었다.

또한 박태식만이 아니라 현장의 다른 배우들이나 스태프들도 제임스 현의 화법에 익숙해진 상태였다.

'그러면서 자연스럽게 분위기가 밝게 형성되는군.'

제임스 현이 과도하다 싶을 정도로 칭찬을 늘어놓는 이유를 깨닫게 되는 순간이었다.

이전에도 설명한 바가 있듯이 보통 촬영장의 분위기는 '주연 배우'를 따라가기 마련이었다.

감독도 그런 부분에서 일정 부분 영향력을 발휘하긴 하지만, 현장을 지휘를 해야 하는 감독의 입장에서는 제3자처럼 객관적으로 촬영장을 바라보는 경우가 많았다.

또한 결국 직접 연기를 펼치는 것은 배우였기 때문에 배우의 컨디션이나 기분이 어떠한가에 따라서 화면에 비치는 모습이 달라졌다.

그런 까닭에 모든 배우와 스태프들은 '주연 배우'의 눈치를 볼 수밖에 없었다.

그리고 자연스럽게 '주연 배우'의 개인적인 성격에 따라서 촬영의 분위기가 전체적으로 달라졌다.

'태식 씨가 워낙 말이 없고 과묵한 성격이라 촬영장 분위기가 다운되는 경향이 더러 있었는데, 그 부분을 제임스

현이 잘 잡아주고 있어.'

결과적으로 제임스 현이 과도한 칭찬을 늘어놓은 것이 촬영장을 밝고 활기차게 만들고 있는 셈이었다.

촬영이 절반쯤 진행된 시점에서 정호는 제임스 현에 대해서 이렇게 평가를 내렸다.

'단순히 연출을 잘하고 대본을 잘 쓰는 감독이 아니다. 현장 분위기를 살피고 판단을 내리는 것도 탁월해. 남은 작업도 어떻게 진행될지 무척이나 궁금하군.'

◇ ◆ ◇

이번 촬영은 5년간 떠돌던 아마데우스 황이 '폭발 사건의 전말'을 깨닫게 되는 순간이었다.

비누 회사의 '젊은 천재 콘테스트'는 사실 '유클리드 박사'의 음모였다.

흉측한 외모와 비쩍 마른 몸으로 인해 열등감에 시달리던 유클리드 박사는 젊은 천재의 등장을 언제나 경계했다.

유클리드 박사가 아마데우스 황에게 말했다.

"신이라는 족속을 믿나? 나는 믿네. 신은 공평하지. 나에게 잘생긴 외모와 건장한 신체를 주는 대신 완벽한 두뇌를 주셨으니깐. 나는 천재야! 이 세상의 유일한 천재라고!"

아마데우스 황이 대꾸했다.

"그렇다면 왜 나를 죽이려고 한 거지?"

유클리드 박사가 되물었다.

"그게 무슨 소리야?"

아마데우스 황이 빠드득 이를 갈며 말했다.

"그 집을 폭발시켜서 가족들과 함께 날 지우려고 했던 것 아니었나? 나의 천재성을 시기해서?"

유클리드 박사는 품 하고 한차례 웃음을 뱉어 내더니 이내 큰 소리로 웃기 시작했다.

"하하하. 역시나 멍청한 녀석이었군. 네 가족이 죽은 것은 바로 그 오만함 때문이었어. 내가 네 가족을 죽인 이유가 무엇이냐고? 대답해 주지. 나는 진짜 천재인 줄 알고 날뛰는 애송이에게 천벌을 내려 준 거야."

지금까지 아마데우스 황은 자신의 천재성을 시기한 유클리드 박사가 자신을 죽이려는 과정에서 실수로 가족들만 있는 집을 폭발시켰다고 생각했다.

하지만 그게 아니었다.

유클리드 박사는 일부러 가족들만 있는 집을 폭발시킨 것이었다.

오만함으로 똘똘 뭉친 자신에게 절망을 선사하기 위하여.

후회와 분노가 가득 차오르자 권총으로 유클리드 박사를 겨냥하고 있던 아마데우스 황의 손이 덜덜 떨렸다.

아마데우스 황은 그대로 권총을 발사해 유클리드 박사를 해치우기로 마음을 먹었다.

하지만 그 순간 유클리드 박사의 입에서 흘러나온 한마디가 아마데우스 황을 저지시켰다.

"죽일 테면 죽여 봐. 어차피 승리자는 나야. 나는 천재라서 결국 범인의 손에 죽음을 맞이한 것뿐이니깐. 마치 예수처럼."

아마데우스 황은 이 말을 듣고 권총을 내렸다.

그러고는 이렇게 말했다.

"스스로가 정말 천재라고 생각하는군. 그게 방금 너를 살렸다."

이렇게 말한 뒤, 아마데우스 황은 권총을 분리해 한 발의 총알만을 남기고 모든 총알을 바닥에 버렸다.

"회전식 연발 권총이라니 정말 운이 좋았어. 그 덕분에 아주 재미있는 게임이 생각났거든."

유클리드가 비릿한 미소를 지으며 빈정거렸다.

"러시안룰렛이군. 운에 목숨을 걸겠다는 건가?"

아마데우스 황은 대답 없이 분리된 회전식 연발 권총의 탄창을 유클리드 박사에게 보여 줬다.

총알은 방아쇠를 당기면 바로 발사될 위치에 놓여 있었다.

아마데우스 황은 권총을 능숙하게 조립하며 말했다.

"사람들은 흔히 러시안룰렛을 운을 상징하는 게임으로 생각하지. 하지만 과연 그럴까?"

아마데우스 황이 권총을 내밀었다.

탄창을 유클리드 박사에게 돌리라는 명백한 도발이었다.

유클리드 박사가 탄창을 힘차게 돌리며 생각했다.

'멍청한 애송이 녀석. 죽음을 자처하는군. 이제 확률은 반반이다. 네가 죽거나, 내가 죽거나.'

하지만 유클리드 박사는 모르고 있었다.

본인이 탄창을 돌리는 순간, 아마데우스 황의 계산이 시작되었다는 사실을.

◇ ◆ ◇

회전식 연발 권총의 탄창이 슬로우 모션으로 돌아간다.

타, 다, 다, 다, 다, 다, 다, 다……

그리고 아마데우스 황의 계산이 시작된다.

빛의 밝기, 유클리드 박사의 긴장감, 힘의 세기, 탄창이 돌아가는 소리 등 모든 정보가 아마데우스 황의 머릿속으로 들어와 숫자의 하모니를 이룬다.

……다, 다, 다, 다, 다, 탁.

회전식 연발 권총의 탄창이 회전을 멈추는 순간, 아마데우스 황의 계산도 끝이 난다.

◇ ◆ ◇

유클리드 박사가 물었다.

"어떻게 할까? 내가 먼저? 아니면 자네가 먼저? 탄창은 내가 돌렸으니 선택권은 자네에게 주겠네."

아마데우스 황은 말없이 권총을 가져갔다.

자신이 먼저 하겠다는 제스처였다.

유클리드 박사는 여유롭게 미소를 지었다.

탄창을 돌리기 직전, 유클리드 박사는 사실 계산을 끝냈다.

아마데우스 황이 긴장감이 덜한 첫 번째 순서를 선호할 거라고 생각해서 아마데우스 황의 차례에서 총알이 발사되도록 힘을 조절하여 탄창을 돌린 것이다.

'후후후. 역시나 먼저 탄창을 가져가는군, 애송이……이번에는 목숨을 건지겠지만 다시 돌아오는 차례에서 너는 스스로에 머리에다 총알을 박아 넣게 될 거다.'

딸각.

유클리드 박사의 예상대로였다.

아마데우스 황이 권총을 자신의 머리에 대고 방아쇠를 당겼지만 총알은 발사되지 않았다.

아마데우스 황의 눈에서 안도의 빛이 스쳐 지나갔다.

그 모습을 발견하며 유클리드 박사가 속으로 낄낄거렸다.

'멍청한 놈. 잠깐 목숨을 부지했다고 안도하기는……'

유클리드 박사는 아마데우스 황에게 권총을 건네받으며 말했다.

"안도하기는 이르지. 이다음 차례에 무슨 일이 일어날지 어떻게 알겠는가?"

그러고는 여유롭게 권총을 자신의 머리에 대고 지체 없이 방아쇠를 당겼다.

탕!

유클리드 박사의 눈이 번쩍, 크게 뜨였다.

총알이 자신의 머리에 박힌 것이 믿기지 않기지 않는 얼굴이었다.

그리고 그런 얼굴을 한 채 유클리드 박사가 털썩, 시체가 되어 바닥에 몸을 눕혔다.

유클리드 박사의 손에서 권총을 빼앗아 들며 아마데우스 황이 말했다.

"긴장을 해서 힘 조절에 실패했습니다, 예수님. 3일 후에 뵙죠. 그럴 수 없겠지만."

◇ ◆ ◇

이번에도 박태식의 연기는 대단했다.

무엇보다도 유클리드 박사 역할을 맡은 배우와의 호흡이

인상적이었다.

유클리드 박사 역할을 맡은 배우의 이름은 '조나단 헉슬리' 로 할리우드에서 악역 전문으로 이름난 원로 배우였다.

10년 전 아카데미에서 남우조연상을 받은 경력이 있을 정도였다. 그런 조나단 헉슬리가 오케이 사인을 받고 차디 찬 바닥에서 일어나며 너스레를 떨었다.

"훌륭한 연기로군요. 죽었다가도 벌떡 일어나게 되는 엄청난 연기였습니다."

조나단 헉슬리의 말에 박태식이 겸손하게 웃으며 대꾸했다.

"과찬이십니다. 선생님의 연기가 훨씬 훌륭했습니다."

조나단 헉슬리가 미소 지으며 답했다.

"제 연기야 물론 좋지요. 늘 좋았고 적어도 3일쯤은 계속 더 좋을 겁니다. 하지만 방금 태식 씨의 연기는 진짜 좋았어요. 긴장감으로 땀을 손에 쥘 정도로 명연기였습니다."

박태식이 고개를 꾸벅 숙이며 말했다.

"감사합니다."

조나단 헉슬리는 그런 박태식의 어깨를 두드려 주며 입을 열었다.

"한국인들은 겸손하다더니 사실이군요. 하지만 여긴 할리우드입니다. 조금 더 스스로에게 솔직해지도록 하세요. 제임스 현이 과장된 칭찬을 하지만 그 칭찬이 전부 사실이 아닌 것은 아니라는 얘기입니다."

조나단 헉슬리의 말을 들은 대부분의 배우들과 스태프들이 고개를 주억거렸다.

확실히 박태식의 연기는 엄청났다. 지금껏 지켜봐 온 수많은 배우들 중에서도 단연 손에 꼽힐 정도로.

조나단 헉슬리가 물었다.

"태식 씨가 이전에 출연했던 영화가 뭐라고 그랬죠?"

고개를 들며 박태식이 대답했다.

"〈도넛 캘린더〉입니다."

조나단 헉슬리가 아아, 하며 생각이 난다는 듯이 말을 이어 나갔다.

"그래요, 〈도넛 캘린더〉. 또 후트 셔젤이 어중이떠중이 영화를 만들었나 싶어서 보지 않았는데 가서 꼭 봐야겠군요. 이런 좋은 배우가 주연이었다면 분명 좋은 영화일 테니까요."

조나단 헉슬리의 계속되는 농담에 결국 촬영이 웃음바다가 됐다.

원로 배우다운 여유와 노련함이 엿보이는 행동이었다.

말 몇 마디로 주연 배우를 제치고 촬영장 분위기를 휘어잡았기 때문이었다.

제임스 현이 그런 두 사람에게 다가와 말했다.

"칭찬하는 모양새가 저보다 더 과장돼 있는데요, 선생님?

그만하시고 같이 식사라도 하러 가시는 거 어떻겠습니까?"

조나단 헉슬리의 눈썹이 올라갔다.

"도시락 주려고?"

제임스 현이 깜짝 놀라는 듯한 제스처를 취하며 말했다.

"어떻게 카메오로 손수 출연해 주신 선생님께 도시락 따위를 대접하겠습니까? 당연히 분위기 좋은 레스토랑으로 모셔야지요."

그랬다.

〈소울 라이더〉 시리즈를 통해 제임스 현과 인연을 맺은 조나단 헉슬리는 카메오로 〈아마데우스 황〉에 출연해 준 것이었다.

조나단 헉슬리가 혀를 차며 대답했다.

"저번 작품 때는 내내 도시락만 먹였던 거 같은데 내 착각인가? 어쨌든 좋아. 분위기 좋은 레스토랑이라면 마다할 것 없지. 자네도 같이 가겠나?"

조나단 헉슬리가 박태식에게 물었고 박태식의 시선은 자연스럽게 정호를 향했다.

정호는 다녀오라는 의미로 고개를 끄덕여 줬다.

"영광입니다. 저도 선생님을 모시고 싶었습니다."

미국에서는 흔히 받을 수 없는 아부를 받아서 기분이 좋아졌는지 조나단 헉슬리가 하하하 웃으며 말했다.

"감독과 주연 배우가 이렇게 모두 입에 꿀을 바른 모습은 처음이군. 나도 입에 꿀을 바른 채로 말해 주지. 이 영화는 반드시 성공할 걸세. 걱정할 거 없어."

물론 이 말은 예언에 가까운 말이었다.

매니지먼트 제왕

15장. 2대 헐크맨

〈아마데우스 황〉의 후반부에는 블루 스크린을 활용한 촬영이 많았다.

이전까지는 아마데우스 황이 히어로로서의 능력을 확보하기 전이었기 때문에 CG가 거의 활용되지 않았다.

CG가 활용되는 것은 폭발 장면이나 아마데우스 황이 계산을 하는 장면 정도뿐이었다.

하지만 후반부부터는 필수처럼 블루 스크린이 활용됐다.

아마데우스 황이 자신의 주 무기라고 할 수 있는 '다이아몬드 메이스'를 얻기 때문이었다.

미블 코믹스 원작에서는 허큘리스 2세가 아마데우스

황에게 '다이아몬드 메이스'를 주는 것으로 되어 있었다.

하지만 아직 허큘리스 2세는 영화로 만들어지지 않은 상황이 아니었다.

허큘리스 2세의 영화 판권 문제가 복잡하게 얽혀 있어서 제작 계획조차 없었고 영화에 함부로 등장시킬 수도 없었다.

그런 까닭에 이 부분은 제임스 현만의 방식으로 각색이 된 상황이었다.

'토나르'가 아마데우스 황에게 다이아몬드 메이스를 주는 것으로.

묠니르를 자유자재로 휘두르는 천둥의 신 토나르는 〈어벤져팀〉의 인기 히어로 중 하나였다.

특히 최근 개봉한 〈토나르〉 시리즈의 마지막 편에서 토나르는 헐크맨과 숙명의 대결을 벌이기도 했다.

제임스 현은 〈아마데우스 황〉을 그 이후의 일로 다루고 있었다.

아마데우스 황은 뛰어난 '두뇌'를 '초능력'으로 의심받아 쫓기는 중이었다.

〈캡틴 유나이티드〉의 마지막 편에서 아이언슈트가

'히어로 등록법'을 통과시키면서 등록되지 않은 초능력자는 모두 불법자가 되었기 때문이었다.

그래서 아마데우스 황은 끊임없이 실드의 요인들에게 쫓겼지만 뛰어난 두뇌를 활용하여 포위망에서 번번이 벗어난다.

그러던 중 우연히 토나르의 동생 '로프트'가 지구에 숨겨둔 비밀 기지를 발견한다.

토나르와 만난 것은 이곳에서 로프트의 부하들과 정면 대결을 벌일 때였다.

아마데우스 황은 혼란에 빠진 상태였다.

영문도 모른 채 실드에게 쫓기는 것도 억울한데 이번에는 외계인이 등장하다니.

최악의 상황이었다.

5년 전 우연히 길가에서 만난 새끼 코요테 커스비가 불안한 상황을 파악한 듯 아마데우스 황의 품에서 울었다.

끼잉, 끼잉.

아마데우스 황이 애써 커스비를 달랬다.

"괜찮아. 걱정할 거 없어. 형이 저 녀석들을 멋지게 물리쳐 줄게."

아마데우스 황은 외계인들과 한판 대결을 벌이기로 마음을 먹었다.

이길 자신은 솔직히 없지만 뛰어난 두뇌를 활용한다면 외계인들을 따돌리고 도망치는 것까진 가능하다고 믿는 아마데우스 황이었다.

싸움은 순조로웠다.

총 다섯 명의 외계인 중 둘의 발이 스스로 엉켜서 쓰러지도록 유도하고 무기를 빼앗아 다른 둘을 공격할 때까지만 해도 승리가 눈앞에 있는 듯했다.

하지만 남은 하나가 말썽이었다.

영리한 나머지 하나의 외계인이 아마데우스 황의 유일한 동료인 커스비를 인질로 삼았기 때문이었다.

"커스비! 이 치사한 자식들!"

아마데우스 황이 자리에서 꼼짝도 못 한 채 당황해했다.

그사이 정신을 차린 나머지 외계인들이 아마데우스 황을 포위하고 있었다.

꼼짝없이 이전보다 좋지 못한 상황에 놓인 아마데우스 황과 커스비.

그때였다.

천둥소리와 함께 토나르가 등장한 것은.

우르르쾅쾅.

꽤액, 꽤액.

순식간에 묠니르를 날려 외계인들을 쓰러뜨린 토나르가 아마데우스 황 앞에 섰다.

토나르가 눈앞에 선 남자아이의 정체를 파악하기 위해 살피고 있을 때 아마데우스 황이 선수를 쳤다.

"당신을 알고 있어요. 어벤져팀이라는 명칭이 중 한 명이죠?"

토나르가 어깨를 으쓱하며 대답했다.

"아마도. 지금은 뿔뿔이 흩어졌지만. 넌 뭐 하는 꼬마지?"

아마데우스 황은 당황했다.

지금 이 순간, 자신의 정체를 밝힌다면 꼼짝도 못 하고 실드에게 끌려갈 것 같았기 때문이었다.

하지만 방법이 없었다.

자신에게는 눈앞의 근육 바보를 이길 방법이 없었다.

한 번쯤 최후의 발악은 해 볼 수 있겠지만.

어떻게 토나르를 공격할지 계산하며 아마데우스 황이 말했다.

"내 이름은 아마데우스 황이에요. 나를 찾고 있었나요? 하지만 쉽지 않을걸요?"

아마데우스 황은 이렇게 말하며 바닥에 떨어져 있던 묠니르를 주워 토나르를 공격하려고 했다.

하지만 묠니르는 토나르가 아니면 들 수 없었다.

토나르는 묠니르를 들기 위해 끙끙거리는 아마데우스 황을 밀쳐 내고 묠니르를 집어 들었다.

그러고는 말했다.

"아마데우스 황이라…… 왠지 익숙한데…… 아, 맞아! 로버트가 네 얘기를 한 적이 있어. 지구에서 열 번째로 똑똑한 사람이라고 했나?"

아마데우스 황이 대꾸했다.

"로버트? 로버트 배너? 헐크맨? 헐크맨이 내 얘길 했어요? 내가 열 번째로 똑똑하대요? 아닌데 난 여섯 번째로 똑똑한 사람인데……."

토나르가 아무런 대꾸 없이 가만히 아마데우스 황을 바라보다가 말했다.

"어쨌든 잘됐군. 마침 똑똑한 지구인이 필요했는데. 따라와, 열다섯 번째로 똑똑한 꼬마."

토나르는 그렇게 먼저 앞장서 걷기 시작했다.

아마데우스 황은 그대로 도망가려다가 뭔가 호기심이 동해 토나르의 뒤를 따르기 시작했다.

"기다려요, 근육 바보. 묠니르가 몇 킬로그램인지는 가르쳐 주고 가라고요."

◇ ◆ ◇

로프스의 부하들이 몇 번 더 토나르의 발길을 막았지만 별문제가 되지 않았다.

토나르는 손쉽게 로프스의 부하들을 해치웠다.

마침내 비밀 기지의 가장 안쪽에 도착할 수 있었다.

그리고 그곳에는 아마데우스 황의 무기가 되는 다이아몬드 메이스가 있었다.

토나르가 성큼성큼 다가가 다이아몬드 메이스 앞에 섰다.

그런 후, 다이아몬드 메이스를 들어 봤다.

하지만 꿈쩍도 하지 않았다.

다이아몬드 메이스는 묠니르처럼 특수한 조건을 충족해야만 들 수 있는 무기였던 것이다.

"이봐, 스무 번째로 똑똑한 꼬마. 이걸 너한테 주지. 한번 들어 봐."

뭔가 의심스러웠지만 아마데우스 황은 별생각 없이 그 옆으로 가 다이아몬드 메이스를 들었다.

아마데우스 황은 별 무리 없이 다이아몬드 메이스를 들 수 있었다.

그러자 토나르가 말했다.

"역시······."

그 말을 듣고 아마데우스 황이 상황을 파악했다.

"하하하. 이 물건은 똑똑한 사람만 들 수 있는 거구나? 아까 여기가 당신의 동생, 로프트의 비밀 기지라고 했죠? 그럼 로프트는 이걸 들어서 이곳으로 옮겨 올 수 있었다는 거네요? 근데 토나르는 못 드는 거고? 도대체 얼마나 멍청하길래 이걸 못 드는 거예요, 토나르?"

그 말에 토나르가 발끈하려고 했을 때, 갑자기 다이아몬드 메이스로부터 빛이 뿜어져 나왔다.

그러더니 그 빛이 아마데우스 황을 감쌌다.

그와 동시에 아마데우스 황의 몸에 변화가 찾아왔다.

근육이 부풀어 올랐고 부풀어 오른 근육들이 제자리를 찾아갔다.

엄청난 힘이 아마데우스 황을 감싸게 된 것이다.

한참 그런 변화가 진행됐고 마침내 빛이 아마데우스 황의 몸속으로 빨려 들어갔다.

털썩, 하고 바닥에 주저앉은 아마데우스 황에게 토나르가 다가왔다.

"로프트는 '똑똑한 사람'이 아니라 '똑똑한 외계인'이야. 다시 말해서 이건 '똑똑한 사람'만 들 수 있는 게 아니라는 뜻이지. 다이아몬드 메이스의 주인이 된 걸 축하한다, 멍청이."

토나르가 회심의 미소를 지으며 비밀 기지를 먼저 빠져나가기 시작했다.

그런 토나르의 등 뒤에 대고 아마데우스 황이 발끈해서 소리쳤다.

"그걸 논리라고 펼치는 거예요, 근육 바보? 아스가르인의

'인'은 사람 '인' 지   ?"

토나르가 대답했!

"로프트는 내 동생   만 아스가르드인이 아니다,
멍청이."

◇

"컷! 오케이!"

제임스 현의 오케이 사인에 블루스크린에서 멋지게 활
약하던 토나르와 아마데우스 황이 현   돌아왔다.

앞서서 걸어가던 토나르 역의 배우 헴스워스'가 돌
아와 박태식을 일으켜 줬다.

"수고했어요."

"수고하셨습니다."

한 달째 이런 풍경이었다.

최소한의 세트만을 갖춘 채 블루 스크린을 배경으로 열
연을 펼쳐야 했다.

다음 촬영을 준비하는 사이 정호가 박태식에게 다가와
물었다.

"태식 씨, 어때요? 괜찮아요?"

블루 스크린 촬영장으로 들어오고 나서부터 박태식은
NG 횟수가 부쩍 늘었다.

온통 파랗기만 한 배경┄┄기에 집중하기가 힘들었던 것이다.

그래서 박태식은 자┄┄ 놓치고 NG를 냈다.

물론 그건 며칠 전의┄┄다.

"괜찮습니다. 이제┄┄숙해졌습니다."

박태식의 말대로┄┄는 NG 횟수가 현저히 줄어든 상태였다.

좋은 장면을 ┄┄해 제임스 현이 "컷! 다시!"를 외치는 경우가 아니┄┄영 자체가 거의 나오지 않았다.

옆에서 물을┄┄받아 마시고 있던 톰 헴스워스가 말했다.

"맞아요. ┄ 태식 씨는 완전히 익숙해진 모습입니다. 하지만 나에┄는 다시 쉽지 않아질 거예요. 테스가 헐크맨 얼굴 모형┄들고 뛰어다닐 거거든요."

'테스'는 1대 헐크맨 역할을 맡은 배우 '테스 러팔로'를 지칭하는 말이었다.

다이아몬드 메이스는 헐크맨이 갇혀 있는 곳의 열쇠가 되는 무기로 이제 곧 다이아몬드 메이스로 헐크맨의 봉인을 풀면 헐크맨이 등장할 예정이었다.

하지만 헐크맨 얼굴 모형을 들고 뛰어다닌다는 말은 이해할 수가 없었다.

'헐크맨의 등장과 얼굴 모형이 무슨 상관…… 설마……?'

정호와 박태식이 의아해하자 자신의 농담을 못 알아들었다고 생각한 톰 헴스워스가 설명했다.

"거대한 헐크맨이 실재하지 않으니 CG의 도움을 받습니다. 최소한의 세트 위에서 촬영을 하는 것처럼 헐크맨도 마찬가지죠. 헐크맨의 얼굴 모형을 들고 뛰거나 손 모형을 휘두릅니다. 제임스 현, 여기 헐크맨 모형 없어요? 이쪽 사람들 좀 보여 줘요."

그 말에 제임스 현이 씨익, 웃고 스태프에게 지시하여 헐크맨 모형을 가져오게 했다.

그제야 톰 헴스워스의 말이 무엇인지 실감이 났다.

참지 못하고 풉, 하고 웃으며 정호가 말했다.

"이런 걸 들고 연기를 해야 한다니 고생이겠는데요?"

박태식도 난감해했다.

"그렇군요. 생각해 보니 제가 2대 헐크맨이었군요. 큰일입니다."

다행히 박태식에게는 좋은 교본이 있었다.

얼마 후, 다이아몬드 메이스로 봉인에서 해제된 테스 러팔로가 직접 모형을 들고 뛰어다니기 시작했기 때문이었다.

그러자 현장이 순식간에 웃음바다가 됐다.

"웃으려면 웃어. 상관없어. 매번 촬영 때마다 있었던 일이잖아. 난 익숙하다고."

◇ ◆ ◇

그렇게 토나르와 함께 헐크맨을 구하고 아마데우스 황이
2대 헐크맨이 되는 것으로 영화 촬영이 끝이 났다.

로버트 배너가 아마데우스 황에게 손수 후계자 자리를
물려주었다.

"헐크맨을 제어하기 위해 평생을 노력했네. 하지만 그
과정에서 깨달았지. 헐크맨을 담고 있는 내 몸이 점점 나약
해지고 있음을. 난 더 이상 헐크맨을 제어할 수 없네. 이대
로라면 헐크맨에게 잡아먹혀 이성을 잃은 채 소중한 사람
을 해치게 될 거야."

아마데우스 황이 놀라며 되물었다.

"그게 사실인가요?"

헐크맨이 대답했다.

"사실이네. 그래서 이걸 만들었지."

그건 한눈에 보기에도 특별해 보이는 팔찌였다.

팔찌를 보여주며 로버트 배너가 말을 이었다.

"나노봇이네. 헐크맨을 제어할 수 있는 기술이 집약됐
지. 하지만 완전한 물건이 아니야. 적어도 한 달에 한 번 헐
크맨을 나노봇에서 꺼내서 하루 이상 헐크맨으로 있어야
하네."

아마데우스 황이 눈을 동그랗게 뜨면서 질문했다.

"잠깐만요! 제어할 수 있다니요? 헐크맨이 되어도 지능과 감정을 모두 공유할 수 있다는 건가요?"

로버트 배너가 고개를 끄덕였다.

"그렇네."

아마데우스 황의 얼굴이 밝아졌다.

"다행이네요! 그럼 헐크맨을 제어할 수 있는 거잖아요."

로버트 배너가 고개를 저으며 대답했다.

"그렇지. 하지만 그건 내 일이 아니야. 아까 말했지만 더 이상 쇠약해진 이 몸으로 헐크맨으로 변신하는 건 위험하거든. 그래서 자네에게 부탁하네. 내 대신 헐크이 되어 주겠나?"

16장. 영국 지부와 미국 지부

〈아마데우스 황〉의 촬영이 마무리됐다.

하지만 그렇다고 해서 영화 제작 자체가 끝난 것은 아니었다.

모든 촬영이 끝나긴 했지만 아직 CG 작업이 남아 있었기 때문이었다.

현재 CG 작업은 70% 정도가 완료된 상황이었다.

8개월의 촬영 기간 중에도 계속 CG 작업을 했음에도 불구하고 아직 30%나 완성이 되지 않은 것이었다.

'그만큼 정성과 노력이 필요한 작업이라는 뜻이겠지. 결국 영화가 완성되려면 3~4개월 정도의 시간이 더 필요하겠군.'

다행이라고 해야 할까.

정호는 넋 놓고 영화가 완성되기만을 기다릴 필요가 없었다.

할 일이 무척이나 많았다.

그래서 오히려 시간이 부족할 지경이었다.

'해도 해도 일이 줄지 않는군. 먼저 영국 지부 쪽의 상황을 알아볼까?'

영국 지부 쪽의 상황은 순조로웠다.

민봉팔과 강철두가 호흡을 맞추며 영국 시장을 훌륭히 개척하고 있었다.

영국 드라마 〈셜리 홈즈〉에 출연 중인 강여운의 스케줄을 효율적으로 관리하면서도 '신생 영국 밴드'를 성공적으로 데뷔시키는 데 성공한 것이다.

강여운의 〈셜리 홈즈〉와 '신생 영국 밴드' 모두 영국 시장에서 성공 가도를 달리고 있었다.

먼저, 한 달 전에 방영을 시작한 〈셜리 홈즈〉는 전작 〈셜록 홈즈〉에 못지않은 인기를 끌었다.

냉철하게 논리만 앞세우는 셜록 홈즈와는 달리 상황을 살피고 주변과 공감할 줄 아는 셜리 홈즈의 캐릭터가 시청자들을 매료시킨 것이다.

특히 무엇보다도 강여운이 셜리 홈즈를 연기한다는 사실이 영국 팬들의 마음을 사로잡았다.

이미 〈레드, 월 스트리트〉의 성공으로 영국에서도 입지를 다진 강여운이었다.

결국 이러한 요소들이 모여서 〈셜리 홈즈〉는 전작 〈셜록 홈즈〉에 버금가는 엄청난 시청률을 기록할 수 있었다.

시청률은 자그마치 33.8%였다.

그건 약 1,013만 명의 시청자가 영국 안방에서 〈셜리 홈즈〉를 시청했다는 뜻이었다.

또한 신생 5인조 영국 밴드, '헤이즐'의 약진도 눈부셨다.

〈블랙 오브 스카이〉라는 앨범으로 데뷔한 헤이즐은 최근 진행된 닉 리먼드, 아딜, 밀키웨이의 합동 투어에 참여하여 이름을 알렸다.

닉 리먼드, 아딜, 밀키웨이의 합동 공연 전, 관객석을 달구는 일종의 '바람잡이'로 투어에 참여한 것인데, 보통 유럽이나 북미 쪽 가수들은 이러한 방식으로 이름을 알리는 편이었다.

하지만 다양한 팀이 바람잡이로 활동하는 다른 공연과는 다르게 닉 리먼드, 아딜, 밀키웨이의 합동 공연은 바람잡이가 헤이즐 하나뿐이었다.

그런 까닭에 헤이즐은 마음껏 공연 시간을 확보할 수 있었고 자연스럽게 대중들에게 자신들의 노래를 알릴 수 있었다.

결과적으로 헤이즐은 영국 내에서 빠른 속도로 이름을 알릴 수 있게 됐다.

더불어 슈퍼스타급 가수들과 투어를 돈 만큼, 작게나마 세계적인 입지를 구축할 수 있었다.

민봉팔이 보내온 영국 지부의 상황 보고서를 정독한 정호가 생각했다.

'봉팔이와 강 이사가 정말 수고가 많았군. 이 정도라면 내가 신경 쓸 것도 없겠어. 그나마 다행이군. 그래도 혹시 모르니 안부차 오랜만에 전화나 걸어 볼까?'

정호는 그 즉시 스마트폰을 꺼내 민봉팔에게 전화를 걸었다.

민봉팔이 전화를 받았다.

"여보세요!"

"응, 봉팔아. 나야."

그런데 분위기가 조금 심상치 않았다.

전화기 너머로 민봉팔의 목소리만이 아닌 다른 사람들의 목소리가 섞여 들어왔기 때문이었다.

그것도 굉장히 시끌벅적하게, 다양한 언어로.

—꺄아아악!

—먹고 마시자! 마시고 죽자!

—우리의 성공을 위하여!

파티였다.

분명 영국 저편에서는 〈셜리 홈즈〉와 헤이즐의 성공을 축하하는 '한국식' 파티가 벌어지고 있는 것이 분명했다.

민봉팔이 외쳤다.

"여러분, 우리가 성공하긴 성공했나 봅니다! 그동안 영국 지부에 관심 한 번 보이지 않던 총 대표님께서 손수 전화를 주셨거든요!"

―우오오오!

―대바아아아박!

―총 대표님, 여기 좀 봐주세요! 밀키웨이도 같이 있어요!

확실히 많은 인원들이 모여 있었다.

민봉팔, 강철두는 물론이고 헤이즐, 닉 리먼드, 아딜, 밀키웨이, 강여운까지 한자리에 모여 즐거운 시간을 보내고 있었다.

닉 리먼드 호들갑을 떨며 끼어들었다.

―총 대표님, 여기 좀 봐 주세요! 닉 리먼드도 같이 있어요!

술에 꽤 많이 취한 듯 신이 난 모습이었다.

정호가 이마를 부여잡으며 대답했다.

"네, 보여요."

그때 민봉팔이 정호에게 요청했다.

"자, 영국 시장을 훌륭히 개척해 낸 자랑스러운 직원들에게 한 말씀 부탁드립니다."

정호가 속으로 생각했다.

'자주 연락을 안 해서 서운해한다더니 이렇게 복수를 하
는구나…….'

하지만 한마디 말을 하긴 해야 했다.

영국까지 넘어가 고생한 직원들이 초롱초롱 눈을 빛내며
정호의 '한마디'를 기대했기 때문이었다.

정호가 조심스럽게 입을 뗐다.

"어…… 여러분, 고맙습니다…… 그리고 연락 자주 못해
서 미안해요……."

◇ ◆ ◇

한마디가 왜 이렇게 시시하냐는 원성을 샀지만 강여운이
잘 중재해 준 덕분에 간신히 전화를 끊을 수 있었다.

휴 하고 한 차례 한숨을 내쉰 정호가 미국 지부 쪽 상황
을 살피기 시작했다.

미국 지부 쪽은 대체로 제이미 존슨과 토비 워커가 정호
를 대신하여 수고해 주고 있었다.

정호도 간간이 상황을 살폈지만 두 사람이 발 벗고 나서
서 고생을 하는 중이었다.

정호는 제이미 존슨에게 전화를 걸었다.

"건물 리모델링은 어떻게 됐습니까?"

미국 지부는 최근 건물을 매입하고 리모델링 작업에 들어간 상태였다.

일레트로닉 레코드와 20세기 폭시사가 각각 회사의 핵심 인재라고 할 수 있는 제이미 존슨과 토비 워커를 놔주지 않는 바람에 업무 진행이 조금 늦어졌다.

제이미 존슨이 대답했다.

"안 그래도 금일 중으로 보고 드리려고 했습니다. 리모델링 작업이 오늘 오전에 마무리됐거든요. 시간 괜찮으실 때 건물을 보러 오시면 될 것 같습니다."

정호가 물었다.

"아, 그래요? 그럼 지금 보러 가도 괜찮을까요?"

전화기 너머로 제이미 존슨이 대꾸했다.

"드디어 시간이 나셨군요! 마침 잘됐습니다. 제가 그쪽으로 데리러 갈까요?"

주소만 찍어 주면 정호가 직접 차를 몰아 찾아가겠다고 했지만 제이미 존슨이 한사코 거절하더니 직접 데리러 왔다.

그리고 잠시 후, 정호는 제이미 존슨의 노란 스포츠카를 타고 컬처 필드의 미국 지부가 될 건물에 도착할 수 있었다.

로스앤젤레스의 컬버시티 쪽에 위치한 건물이었다.

미국에서는 아직 시작하는 단계였기 때문에 할리우드 한복판에 건물을 사기가 여러모로 부담이 됐다.

그래서 선택한 것이 로스앤젤레스 서쪽에 위치한 컬버시티였다.

건물의 크기가 크기인지라 컬버시티 쪽도 물론 가격이 만만치 않았지만.

'이 정도면 충분하다. 괜히 상징성을 얻겠다고 할리우드의 작은 건물에 스튜디오라는 이름을 붙이는 것보다는 이게 낫지.'

결정적으로 할리우드 쪽에 연예 기획사로 쓸 만한 매물이 없다는 게 문제였다.

그런 까닭에 정호는 로스앤젤레스 전역에 연예 기획사로 활용할 만한 부지와 건물을 얻기 위해 노력했다.

여차하면 시간이 조금 걸리더라도 연예 기획사를 새로 지을 생각도 하고 있었다.

'세니 픽처스에서 컬버시티의 스튜디오를 급처분하면서 자리가 생겼으니 다행이지.'

세니 픽처스는 일본 계열의 회사 '세니'가 미국 쪽에 공격적인 마케팅을 하면서 인수한 영화사였다.

본사는 애틀랜타에 있고 스튜디오가 로스앤젤레스에 있는 식이었다.

하지만 최근 몇 년간 작품을 연속적으로 말아먹으면서 적자를 면치 못하는 상황에 이르렀고, 결국 세니 픽처스는 스튜디오를 정리하기에 이르렀다.

'말로는 애틀란타 쪽에 더 좋은 스튜디오 부지가 나와서 그쪽으로 옮겨 간다는데, 결국 패배에 쓴맛을 보고 도망을 치는 것이나 다름없지. 우리도 마음을 단단히 먹고 준비해야 한다. 자칫 잘못하다간 세니 픽처스의 꼴이 날 수도 있어.'

정호는 이런 생각을 하며 세니 픽처스에서 '컬처 필드 미국 지부'로 거듭난 스튜디오를 살펴봤다.

스튜디오로 활용되던 곳이라서 그런지 부지가 무척이나 넓었다.

거의 하나의 작은 도시 수준이었다.

또한 세트장으로 활용할 건물도 무척이나 많았다.

정호가 말했다.

"엄청난 규모군요…… 굉장합니다……."

정호의 말에 제이미 존슨이 답했다.

"규모만 엄청난 게 아니죠. 가격도 엄청납니다."

중국 지부와 마찬가지로 정호는 세트장으로도 활용할 수 있는 미국 지부를 건립하고 싶었다.

그리고 그 결과물이 바로 세니 픽처스의 스튜디오였던 컬처 필드 미국 지부였다.

그랬기 때문에 돈이 적지 않게 깨졌음에도 불구하고 이곳이 마음에 들었다.

어차피 돈이라면 천문학적인 액수가 들어오고 있는 상태였다.

현지 6대 메이저 영화사로 불리는 회사들에 못지않은 수익이었다.

　제이미 존슨이 설명했다.

　"저 뒤쪽으로 스튜디오 바깥쪽의 건물을 추가적으로 매입했습니다. 하나는 제작사로 쓰일 곳이고 다른 하나는 기획사로 쓰일 곳이죠."

　제이미 존슨의 안내를 따라 스튜디오를 노란 스포츠카로 가로질러 제작사와 기획사로 쓰일 건물에 도착했다.

　제이미 존슨이 말했다.

　"먼저 기획사의 건물부터 보기로 하시죠. 이쪽이 메인이니까요."

　제이미 존슨의 말대로 제작사의 건물의 문을 열고 들어갔다.

　그러자 정호를 기다리고 있던 토비 워커를 비롯한 직원들이 동시에 인사를 건넸다.

　"총 대표님, 오셨습니까!"

　"총 대표님, 오셨습니까!"

　정호는 무슨 조직 보스라도 된 것 같은 기분이었다.

　정호가 물었다.

　"토비, 이게 무슨 일이죠? 제가 혹시 오늘부터 다른 의미의 보스가 되는 건 아니겠죠?"

　토비 워커가 민망한 듯 볼을 붉적이며 대답했다.

"아…… 오늘은 특별한 날이라서 준비해 봤습니다."

뒤따라 들어온 제이미 존슨가 웃음을 참지 못하며 말했다.

"하하하. 내 말이 맞죠, 토비? 총 대표님은 그런 걸 별로 안 좋아할 거라고 했잖아요. 내놔요, 100달러."

상황이 어떻게 흘러가는지 대충 파악할 수 있었다.

워낙 올드한 것을 좋아하는 토비 워커가 이런 행사를 준비했는데 제이미 존슨이 반대한 모양이었다.

그러던 중 다투다가 내기를 하게 된 것이고.

정호가 휴 하고 한숨을 쉬며 말했다.

"오늘은 참 저를 여러모로 당황시키는 일이 많군요. 직원분들은 편하게 업무를 보도록 하세요. 사무실 구경은 제가 이 두 말썽꾸러기를 데리고 다니며 하도록 하겠습니다."

그렇게 시작한 사무실 투어는 만족스러웠다.

스튜디오 촬영 중 카메라에 잡히면 안 됐기 때문에 건물이 높지는 않았지만 옆으로 굉장히 넓었고 필요한 시설도 확실히 갖추고 있었다.

무엇보다도 화이트와 블랙을 잘 배합하여 꾸민 모던한 느낌의 디자인이 마음에 들었다.

정호가 감탄하는 모습을 보며 제이미 존슨이 넌지시 물었다.

"어떻습니까, 총 대표님?"

정호는 순순히 대답했다.

"훌륭합니다. 여기서 거둘 성공이 벌써부터 기대가 되는 군요."

17장. 창조적인 바이럴 마케팅

〈아마데우스 황〉의 CG 작업이 진행되는 동안 정호는 미국 지부에서의 업무를 처리했다.

민봉팔이나 강철두가 옆에 있었다면 조금 더 수월하게 업무를 처리했겠지만 두 사람은 아직 영국에서 할 일이 남아 있었다.

〈셜리 홈즈〉 시즌 1 종영 이후 시작된 시즌 2의 촬영을 진행해야 했고, 더불어 헤이즐의 인기도 조금 더 끌어올릴 필요가 있었던 것이다.

'아직 영국에서의 입지가 탄탄하다고 할 수 없는 상황에서 그 두 사람을 데려올 수는 없지. 미국 지부의 본격적인

활동도 어차피 〈아마데우스 황〉 개봉 이후가 될 것이고.'

그런 까닭에 정호는 홀로 미국 지부의 업무를 처리해야 했다.

특히 〈아마데우스 황〉과 관련된 업무는 오롯이 정호의 몫이었다.

제이미 존슨과 토비 워커는 나름대로 바쁘게 뛰어다니며 미국 지부의 기반을 다지고 있었기 때문이었다.

'제이미 존슨은 기획 쪽으로, 토비 워커는 제작 쪽으로 기반을 다지기 위해서 사람들을 만나고 있는 중이지. 〈아마데우스 황〉에 이은 후속 전략이 필요한 상황이니깐.'

크게 음반, 드라마, 영화라는 세 분야로 나눠서 생각하면 적어도 두 분야 정도는 큰 걱정이 없었다.

일단 음반 쪽으로는 이미 닉 리먼드와 밀키웨이가 일정 수준 이상의 매출을 내고 있었기 때문이었다.

또한 영화 쪽으로도 〈아마데우스 황〉이라는 걸출한 작품이 개봉을 기다리는 중이었다.

'하지만 드라마 쪽이 문제야. 미국 드라마 시장도 분명 미리 기반을 다져야 하는 중요한 콘텐츠니깐. 게다가 결정적으로 미국 지부에 소속된 아티스트 숫자가 너무 적어.'

미국 지부만이 아니었다.

중국, 일본, 영국에도 지부가 세워지면서 전체적으로 아티스트의 숫자가 적다는 느낌이 들 수밖에 없었다.

활동 영역이 넓어지면서 아티스트의 수요가 높아진 것이다.

'한국과 미국을 포함하면 총 다섯 개의 국가에서 아티스트들이 본격적으로 활동할 수 있는 상황이다. 세계적으로 활동할 아티스트의 숫자를 더 채울 필요가 있어. 제이미 존슨과 토비 워커가 단순히 기획과 제작에만 몰두할 수 없는 이유이기도 하다.'

그래도 긍정적인 것은 많은 아티스트가 컬처 필드에 관심을 가지고 있다는 사실이었다.

아딜 역시도 최근 합동 투어를 돌면서 컬처 필드 합류에 긍정적인 의사를 표한 상태였다.

'마룬 식스, 젠킨슨 므라즈, 머니넴, 나르스와 같은 뮤지션부터 악세이 쿠만, 스테판 올드만, 조셉 크리스 래빗, 제인 맥아담스 같은 배우들과도 접촉하고 있다고 했지? 몇 명이나 합류할진 모르겠지만 이 중 두세 명만 끌어안아도 미국 지부의 기반은 탄탄해질 것이다.'

정호도 시간이 나는 대로 위의 거론된 인물들과 직접 접촉을 시도했다.

정호가 직접 만난 사람은 젠킨슨 므라즈와 제인 맥아담스 같은 인물들이었다.

'분위기가 무척이나 좋았지. 두 사람 다 다양한 시장에서 본격적으로 활동할 수 있다는 사실에 큰 관심을 보였고.'

하지만 동시에 정호는 컬처 필드의 현 상태를 확실히 확인할 수 있었다.

할리우드에서의 기반 문제가 발목을 붙잡는 듯한 인상을 받았던 것이다.

'컬처 필드의 기반이 탄탄하지 못하다는 점이 두 슈퍼스타를 압박하고 있는 듯했다. 좋은 회사라는 걸 인지하고도 선뜻 컬처 필드와 함께하겠다는 대답을 하지 못하게 한다는 느낌이 들었지.'

결국 이 부분은 〈아마데우스 황〉의 개봉 이후에나 해결할 수 있었다.

컬처 필드의 투자가 감행된 〈아마데우스 황〉이 잘된다면 미국에서의 입지 역시 자연스럽게 높아질 것이 분명했기 때문이었다.

'슬슬 데즈니 측과 접촉해야 되겠어. 확실한 이유가 생겼으니 〈아마데우스 황〉을 제대로 홍보해 봐야지.'

정호는 세계적인 슈퍼스타와 지속적으로 교류하면서 데즈니 직원들과 본격적인 홍보 전략을 논의하기 시작했다.

데즈니는 이미 '마케팅 인프라'를 충분히 갖추고 있는 상황이었기 때문에 정호가 크게 신경 쓸 부분은 없었다.

단순히 배우들이 세계 곳곳을 방문하고, 시사회에 참석하며, 사인회를 여는 수준의 마케팅이 아니었다.

전 세계의 TV, 라디오 광고와 연계하는 식의 마케팅에도 탄탄한 인프라를 갖추고 있었다.

뿐만 아니라 데즈니의 바이럴 마케팅의 수준은 굉장히 높았다.

사람들이 유터보, SNS 등을 자발적으로 활용하여 상품을 널리 홍보하도록 하는 바이럴 마케팅은 정호도 꾸준히 활용하고 있는 전략이었다.

제스터의 오프라인 매장에 드라마 OST를 선공개하여 자발적으로 드라마 OST를 수집하게 한 것이 대표적인 정호의 바이럴 마케팅이었다.

그리고 데즈니도 이런 바이럴 마케팅에 능숙한 편이었다.

가장 유명한 것은 세계적인 프렌차이즈 카페인 '스타버그'와 연계한 〈스파이더보이〉 시리즈의 바이럴 마케팅이었다.

스타버그에서는 사이렌 오더로 주문한 경우 고객의 이름을 불러 주는 서비스를 진행 중이었다.

그런데 누군가 장난을 친 것인지 스타버그 직원이 스파이더보이의 이름을 크게 외친다.

"스파이더보이 님, 주무하신 콜드 브루 바닐라라떼 나왔습니다."

재미있는 호명에 매장 안 사람들이 시선이 주문대로 향한다.

그때 스파이더보이가 천정에서 내려와 콜드 브루 바닐라 라떼를 집는다.

사람들 사이에서는 감탄과 환호성이 쏟아진다.

이 영상은 SNS를 타고 일파만파 퍼지게 됐고, 사람들은 자연스럽게 스파이더맨 개봉에 관심을 가졌다.

이처럼 데즈니는 바이럴 마케팅을 선호했다.

그 부분이 정호의 마케팅 전략과 일맥상통하는 면이 있었다.

이번에도 데즈니 직원의 대표로 회의실에 나타난 캐논 레위스가 말했다.

"사실 저희가 컬처 필드를 흉내 낸 광고도 있습니다. 혹시 〈스몰맨〉 아십니까?"

〈스몰맨〉은 개미 크기로 변신하여 적을 무찌르는 '어벤져팀'의 히어로 중 하나였다.

"물론입니다. 어벤져팀에서 인지도는 가장 낮지만, 좋아하는 캐릭터 중 하나거든요."

캐논 레위스가 고개를 끄덕이며 대답했다.

"네, 바로 그 인지도 때문에 고민이 많았죠. 스몰맨이 개봉한다고 해도 다른 미블의 히어로처럼 이슈가 되지 않을 거라고 판단했거든요. 그래서 더욱 특별한 마케팅이 필요했습니다. 그 와중에 제스터의 오프라인 매장이 눈에 띄었죠."

정호가 살짝 놀라며 되물었다.

"설마?"

캐논 레위스가 씩, 웃으며 대꾸했다.

"맞습니다. 개미만 한 크기의 티켓을 만들어 도시 곳곳에 숨겨 놓고 찾아오면 진짜 티켓으로 바꿔주는 바이럴 마케팅은 제스터 오프라인 매장의 바이럴 마케팅을 흉내 낸 것이었습니다."

정호가 허 하고 헛웃음을 흘렸다.

마케팅에 딱히 저작권 같은 게 있는 것은 아니기 때문에 전략을 차용한 것에는 아무런 감흥이 없었다.

다만 데즈니 같은 회사가 자신의 전략을 차용했다니 살짝 놀랐을 따름이었다.

게다가 당시에는 컬처 필드가 존재하지 않았고 청월도 별로 크지 않은 회사였다.

정호가 그 부분에 대해서 물었다.

"우연히 청월의 전략에 대해서 알게 된 직원이 제안한 바이럴 마케팅이었습니다. 그 직원은 그 덕분에 한 계급 승진까지 할 수 있었죠."

정호가 웃음기 어린 말투로 대답했다.

"재미있는 인연이군요."

캐논 레위스는 한 차례 고개를 끄덕인 뒤, 말했다.

"정말 그렇습니다. 어쨌든 그런 이유로 저희는 총 대표님이 제안하는 바이럴 마케팅을 적극적으로 검토할 생각입니다. 지금까지 단 한 번도 실패한 적이 없다고 들었습니다. 이번에도 잘 부탁드립니다."

◇ ◆ ◇

캐논 레위스의 말대로 데즈니의 직원들은 정호가 제안한 전략을 적극적으로 검토했다.

뿐만 아니라 정호를 굉장히 존중하는 눈치였다.

몇 차례 회의가 진행되는 내내 정호의 의견을 최우선적으로 받아들인 것이다.

"배우들의 방문 일정은 미국을 시작으로 아시아와 유럽을 지나 다시 미국으로 돌아오는 것으로 하는 게 좋을 것 같습니다."

"미블 코믹스의 기념관이 세계적으로 건립되고 있는 추세라고 들었습니다. 단순히 방문을 하는 데 그치지 말고 그곳을 기점으로 예능에 출연하는 걸 긍정적으로 검토하는 건 어떻겠습니까?"

"세계 곳곳의 대형 영화관에 실제 크기의 미블 코믹스 피규어를 설치하고 사진을 찍어 오면 팝콘을 주는 행사 등을 고려하는 건 어떨까요?"

이런 자잘한 마케팅 전략에도 정호의 입김이 들어갔다.

데즈니 직원들은 정호의 말이라면 실패의 가능성을 염두에 두지 않고 받아들였다.

"역시 그게 제일 좋겠죠. 북미 시장의 규모를 생각하면 두 번의 홍보는 필수적일 겁니다."

"조연급 배우들의 선에서 예능을 출연할 수 있다면 좋겠군요. 스테파노 커리나 파퀴나오 같은 세계적인 스포츠 스타들이 출연한 한국 프로그램이 있다고 들었는데 그게 뭐였죠? 거긴 태식 씨가 출연해도 괜찮을 것 같은데……"

"팝콘을 공짜로 먹을 수 있는 기회군요! 바이럴 마케팅과 연계하면 굉장히 훌륭한 전략이 되겠어요! 영화가 개봉하면 저도 몰래 참여해야겠습니다."

심지어 바이럴 마케팅 전략도 정호의 것이 채택됐다.

정호가 제안한 바이럴 마케팅 전략은 세계적인 콘서트들을 활용하는 것이었다.

"국가의 범주를 벗어나 세계로 눈을 돌리면 크고 작은 콘서트들이 동시다발적으로 개최된다는 것을 쉽게 알 수 있습니다. 그런 콘서트들을 활용하는 것이죠."

정호의 말을 캐논 레위스가 받았다.

"확실히 그런 콘서트들을 활용하면 전략 하나가 나오겠

군요. 구체적으로 얘기해 주실 수 있습니까?"

정호는 구체적으로 자신의 전략을 설명했다.

"저는 일종의 '헐크 놀이'를 유행시키고 싶습니다. 아시다시피 헐크는 너무 크고 육중합니다. 그래서 크기를 활용한 바이럴 마케팅은 현실적으로 불가능하죠. 사람들은 너무 크고 웅장한 것을 놀이로 받아들이기 힘들어하니까요. 그래서 생각한 것이 바로 이 '헐크 놀이'라는 전략이었습니다."

캐논 레위스가 물었다.

"그럼 '헐크 놀이'는 헐크의 크기나 힘을 형상화한 전략이 아니라는 겁니까?"

약간 놀란 눈치였다.

그럴 수밖에 없는 게 지금까지 논의된 바이럴 마케팅은 전부 헐크의 거대한 크기나 굉장한 힘을 이용한 것이었기 때문이었다.

정호가 대답했다.

"네, 아닙니다. 저는 CG를 입히기 전의 헐크를 이용할 것입니다."

캐논 레위스는 뭔가 힌트를 얻은 듯했다. CG를 입히기 전의 헐크의 우스꽝스러움이 머릿속에 떠올랐던 것이다.

"설마……!"

정호는 한 차례 빙그레 웃은 뒤, 대답했다.

"네, 맞습니다. 세계적인 가수들이 곧 CG를 입히기 전의 헐크 분장을 한 채 무대에 오를 겁니다."

이어진 정호의 설명에 데즈니의 직원들이 눈을 동그랗게 뜨며 놀랐다.

그만큼 정호가 제시한 바이럴 마케팅 전략은 획기적이었다.

매니지먼트 제왕

신유나 개인 콘서트의 화려한 막이 열렸다.

유럽 투어라는 슬로건답게 이번 신유나의 개인 콘서트는 스페인, 프랑스, 이탈리아, 독일, 네덜란드, 영국 등을 중심으로 진행할 예정이었다.

색다른 도전이었다.

늘 합동 투어만으로 유럽 팬들과 소통해 온 신유나였기 때문이었다.

그래서 흥행에 대한 불안함도 있었다.

하지만 다행히 콘서트는 연일 매진이었고 오늘 콘서트가 열리는 프랑스 파리의 '르 제니스 드 파리'도 관객으로 꽉 차 있었다.

"오늘도 반응 좋은데?"

무대 뒤에서 본격적인 공연의 시작을 기다리고 있는 신유나에게 누군가 말을 걸었다.

총괄매니지먼트부 3팀의 팀장, 김만철이었다.

원래 김만철은 강여운의 담당이지만 강여운이 영국에서 활동하게 되면서 밀키웨이를 전담으로 케어하고 있는 중이었다.

그중에서도 특히 신유나가 유럽 투어를 하게 되면서 신유나를 따라다니며 도움을 주고 있었다.

신유나가 대답했다.

"그러게요. 오늘도 팬분들이 공연장을 많이 찾아주셨네요. 재미있는 공연이 되겠어요. 아 참! 그나저나 총 대표님이 보내 준 그건 준비 잘됐어요?"

김만철이 걱정 말라는 투로 얘기했다.

"물론이지. 너도 리허설 때 봤잖아. 준비는 완벽해. 그나저나 이제 슬슬 준비하는 게 좋지 않을까? 이제 5분 후면 무대 위로 올라가야 할 것 같은데?"

신유나는 한 차례 고개를 끄덕인 뒤, 소품 담당 스태프에게 부탁했다.

"제 주먹 좀 가져다주세요. 무대 올라갈 준비할게요."

그렇게 신유나가 공연 시작을 기다리는 사이.

"도와줘요, 헐크맨! 이 공연장 분위기를 띄워 줘요!"

한 여성의 목소리와 함께 관객들은 기이한 광경을 목격했다.

콘서트장에 설치된 거대한 세 개의 화면에서 뜬금없이 세 명의 헐크맨이 모습을 드러낸 것이다.

"뭐야?"

"갑자기 웬 헐크맨?"

"무슨 퍼포먼스지?"

관객석이 한참 웅성거릴 때 세 명의 헐크맨이 움직였다.

단순히 모습을 드러낸 정도에 그치지 않고 "쿵, 쿵, 쿵." 하는 발걸음 소리와 함께 무대 앞쪽으로 걸어와 한껏 폼을 잡았다.

그러고는 신유나의 콘서트에서 늘 시작 곡으로 사용되는 '〈퍼스트 어게인〉 솔로 버전'의 반주에 맞춰 춤을 추기 시작했다.

그 모습을 보고 처음에는 당황하던 관객들이 환호했다.

"헐크맨 귀여워!"

"사진 찍자, 사진!"

"헐, 대박!"

춤을 추는 헐크맨이 왠지 귀엽게 느껴졌기 때문이었다.

춤 또한 꽤나 유려했고 훌륭했다.

그렇게 어리둥절해하던 관객들의 반응이 삽시간에 환호와 열광으로 바뀌었을 때 가운데에 위치한 대형 화면이 양쪽으로 열렸다.

그리고 그곳에서 신유나가 등장했다.

초록색 주먹 모형을 양손에 든 채로.

신유나에 등장에 놀란 관객들이 또 한 번 환호성을 질렀고 신유나는 세 명의 헐크맨을 백댄서 삼아 〈퍼스트 어게인〉 솔로 버전의 안무를 췄다.

한 치의 오차도 없는, 신유나와 세 명의 헐크맨의 완벽한 군무였다.

잠시 후, 〈퍼스트 어게인〉 솔로 버전이 끝났고 신유나가 손을 흔들어 관객들에게 인사했다.

"안녕하세요, 여러분! 밀키웨이의 신유나입니다!"

그제야 사람들은 초록색 주먹 모형의 정체를 깨달았다.

그것은 바로 화면 속 헐크맨을 조종하는 기구였던 것이다.

신유나의 동작에 맞춰 화면 뒤 세 명의 헐크맨도 관객들에게 인사를 건넸기 때문에 그러한 사실을 깨달을 수 있었다.

놀란 관객들이 뒤늦게 사진과 동영상을 찍어서 SNS에 올리기 시작했다.

[뜬금없는 헐크맨 퍼포먼스ㅋㅋㅋㅋ 근데 왜 이렇게 이게

웃기지?ㅋㅋㅋㅋ]

[헐크맨이 너무 춤을 잘 춘다ㅋㅋㅋ 새로운 밀키웨이 멤버인 줄ㅋㅋㅋㅋ]

[헐크맨에게 분위기 띄워 달라고 초반에 소리친 여자가 있었는데 곰곰이 돌이켜 생각해 보니 그게 다름 아닌 신유나였음ㅋㅋㅋㅋㅋ 그랬더니 진짜 헐크맨이 튀어 나와서 분위기를 띄우네?ㅋㅋㅋㅋ]

[뭐지?ㅋㅋㅋㅋ 이 4차원, 병맛 퍼포먼스는?ㅋㅋㅋㅋ]

[ㅋㅋㅋㅋㅋㅋ개웃겨ㅋㅋㅋㅋ]

[진짜 좋다ㅋㅋㅋ 이런 코드ㅋㅋㅋㅋ]

[응?ㅋㅋㅋ 신유나랑 헐크맨이랑 무슨 상관?ㅋㅋㅋㅋ]

[근데 직접 보면 진짜 재미있음ㅋㅋㅋ 신기하게 정말 분위기가 달아올랐거든ㅋㅋㅋㅋ]

[솔직히 그건 그냥 신유나 콘서트라서 그런 거 아닐까?ㅋㅋㅋㅋ]

[그런 것도 있지ㅇㅇ]

[근데 헐크맨 퍼포먼스도 왠지 좋았음ㅋㅋㅋ 왠지 신선해ㅋㅋㅋㅋㅋ]

신유나의 콘서트만이 아니었다.

세계 각지 톱 가수들의 콘서트에서 이러한 '헐크맨 퍼포먼스'가 이어졌다.

신유나처럼 인트로에서 헐크맨을 찾는 가수들이 있는가 하면, 힘들다면서 공연 중간에 휴식을 선언하며 헐크맨을 찾는 가수들도 있었다.

또 마무리를 헐크맨에게 맡기겠다면서 헐크맨 불러내 같이 춤을 추는 가수들도 생겼다.

뜬금없지만 왠지 끌리는 퍼포먼스였고 이 퍼포먼스는 가수들 사이에서 유행했다.

누가 시키지 않아도 전염병처럼 콘서트에서 이러한 퍼포먼스를 선보였다는 뜻이었다.

심지어 '헐크맨 퍼포먼스 어플'이 나오기까지 했다.

스마트폰 카메라 렌즈에 얼굴을 비추면 토끼 귀, 강아지 코 등이 달리는 것을 이용한 '동영상 어플'이었다.

한마디로 스마트폰 카메라에 얼굴을 비추면 화면상에서는 헐크맨처럼 변신이 가능했다. 사람들은 이 어플을 활용하여 다양한 댄스를 커버하거나 드라마 대사 등을 흉내 내서 동영상을 만들었고, 그 동영상을 SNS에 게재했다.

그 결과, 〈아마데우스 황〉에 대한 관심도가 급증하기 시작했다.

다시 소집된 회의에서 캐논 레위스가 정호를 극찬했다.

"대단한 반응입니다! 총 대표님의 말대로 바이럴 마케팅을 펼친 결과, 〈아마데우스 황〉에 대한 관심도가 전 세계적으로 평균 300% 이상 상승했다는 조사 결과가 나왔습니다! 정말 완벽한 홍보 효과예요!"

그랬다.

가수들에게 '헐크맨 퍼포먼스'를 시킨 것이 바로 정호였다.

신유나(프랑스)를 시작으로 닉 리먼드(영국), 오서연(독일), 디퍼런트 트윈(일본), 지킬(중국), 하이드(인도네시아), 블루 도넛(태국), 타이탄(싱가포르), 정문복(한국), 아웃라이더(한국), 플래티나(한국) 등에게 '헐크맨 퍼포먼스'를 선보이도록 지시했고, 워낙 전 세계적으로 파급력이 있는 컬처 필드의 가수들답게 '헐크맨 퍼포먼스'는 금세 유명세를 탔다.

그에 따라 정호의 계획대로 아딜을 중심으로 한 톱 가수들이 '헐크맨 퍼포먼스'에 자진하여 참여했다.

그렇게 '헐크맨 퍼포먼스'는 최고의 히트 상품이 됐다.

그때 정호가 내보낸 것이 '헐크맨 퍼포먼스 어플'이었다.

그리고 이 어플은 핵폭탄급 유명세의 도화선이 되었다.

"하루에도 SNS에 수십만 개의 게시글이 올라온다고 하더군요! 이 정도 효과라면 다음 주부터 예정된 〈아마데우스 황〉 배우들의 세계 투어를 취소해도 되겠어요!"

캐논 레위스가 흥분해서 소리쳤고 다른 데즈니의 직원들도 흥분을 감추지 못했다. 이 정도의 홍보 효과가 나온 것은 〈어벤져팀〉 이후 처음이었기 때문이었다.

정호도 대단한 효과에 기분이 좋았다. 하지만 마냥 웃을 수만은 없었다. 오랜만에 활성화된 밀키웨이와의 카라오톡 단체방에서 하수아가 던진 한마디가 핵폭탄과 같은 일을 만들어 냈기 때문이었다.

◇ ◆ ◇

헐크맨 퍼포먼스가 대성공을 거둔 뒤, 밀키웨이의 카라오톡 단체방이 오랜만에 시끄러워졌다.

[하수아: 총 대표님! 우리 유나랑 서연이 덕분에 헐크 퍼포먼스 성공했으니깐 한 턱 쏘세요♥♥]

[오정호: 내가 왜? 그리고 쏘면 유나랑 서연이한테만 쏘면 되지ㅋㅋㅋ]

[하수아: 와~ 치사하게 그렇게 나온다고요?]

[오정호: 뭐가 치사해ㅋㅋㅋ 넌 한 것도 없잖아ㅋㅋㅋㅋ]

[하수아: 나도 밀키웨이 콘서트 때 헐크 퍼포먼스 하려고 했거든요!]

[오정호: 필요 없어ㅋㅋㅋ 밀키웨이 콘서트는 올해 말에나 잡혀 있는데 무슨 의미야ㅋㅋㅋ 다음 주면 〈아마데우스 황〉

개봉할 텐데ㅋㅋㅋㅋㅋ]

[유미지: 헐…… 총 대표님 너무해ㅠㅠ 헐크 퍼포먼스 안한 사람은 차별하는 거예요?ㅠㅠ 저도 그럼 솔로 데뷔 할래요!ㅠㅠㅠ]

[오정호: 아니, 미지야…… 그런 뜻으로 한 말이 아니라…… 잠깐 나랑 통화 좀 하지 않으련?]

[오서연: 뭐야? 헐크 퍼포먼스는 내가 했는데 왜 미지랑 통화해요? 미지만 술 사주려고?]

[오정호: 통화만 할 건데 무슨 술이야;; 근데 미지야 전화 왜 안 받아?]

[오서연: 맞네! 술 마시려고 전화하는 거잖아!]

[오정호: 나 지금 미국이야;;]

[하수아: 미지 언니도 미국이죠^^]

[오정호: 아;; 그런 거 아니라니깐!]

[신유나: 총 대표님! 저도 미국이에요! 저도 술 사 주세요!]

[오정호: 넌 와인밖에 안 먹잖아;;]

[신유나: 그럼 와인 사 줘요! 와인은 술 아니에요?]

[오정호: 헐크 퍼포먼스에 대한 보답은 나중에 할게. 내가 요즘 진짜 너무 바빠서 시간 내기가 힘들다. 미안.]

[하수아: 이거 안 되겠네. 우리 총 대표님께서 은혜를 갚을 줄 모르니 이 하스타가 나서서 본때를 보여 줘야겠어.]

—하수아 님이 닉 리먼드, 디퍼런트 트윈, 지킬, 하이드, 블루 도넛, 타이탄, 정문복, 아웃라이더, 플래티나를 채팅 방에 초대하였습니다.

　[닉 리먼드: What?]
　[황성우: 뭐예요? 왜 갑자기 컬처 필드 가수들이 전부 초대된 거죠?]
　[하수아: 다들 주목해 주세요! 우리 총 대표님이 영화 홍보를 위해 헐크 퍼포먼스를 강제로 시키고도 한 턱조차 쏘지 않는다고 하십니다! 이게 말이 됩니까?!]
　[정문복: 정말요?]
　[아웃라이더: 와…… 심하네…….]
　[카와나 유미: 나니(なに)?]
　[유미지: 우리 수아 왜 저래ㅋㅋㅋㅋㅋ]
　[오서연: 저거 약 먹을 시간 지난 모양인데?ㅋㅋㅋㅋ]
　[플래티나: 선배님……?]

　그리고 여기서 하수아가 문제의 발언을 함으로써 정호를 곤란하게 만들었다.

　[하수아: 다들 아셨습니까? 얼마나 우리 총 대표님이 파렴치한인지? 분노하십쇼! 폭발하십쇼! 이러한 폭정을

214　매니지
먼트의
제왕 10

저 하스타는 도저히 두고 볼 수 없습니다! 그에 따라 한 가지 제안을 합니다!]

[권채아: 오오오오!]

[닉 리먼드: Good!]

[하수아: 헐크 퍼포먼스로 고생한 여러분의 노고를 깨닫게 하기 위해 총 대표님을 직접 방송에 출연시킵니다!]

[신유나: 진짜로요?ㅋㅋㅋㅋㅋㅋ]

[세키 란: 나니(なに)?]

[유미지: 미쳤다ㅋㅋㅋㅋㅋㅋㅋㅋㅋ]

[정문복: 방송 출연ㅋㅋㅋㅋ 총 대표님이 제일 싫어하는 거 아닌가요?ㅋㅋㅋㅋㅋ]

[오서연: 하자! 방송에서 최초로 꽐라로 만들자!]

[아웃라이더: 꽐라로 만들자!]

그렇게 여론은 빠르게 수렴됐고 정호는 꼼짝없이 컬처필드의 가수들이 출연하는 방송에 게스트로 함께 출연해야 하는 상황에 이르렀다.

회의 때문에 뒤늦게 카라오톡을 확인한 정호가 놀라서 이렇게 사정했다.

[오정호: 나 진짜 바빠요…… 하나면 몰라도 어떻게 헐크 퍼포먼스를 한 가수들 전부의 방송을 출연해요…… 제가

죄송합니다…… 월말 송년 파티 때 제대로 놉시다…….]

하지만 소용없었다.

컬처 필드 소속의 가수들은 이미 흥이 오를 대로 오른 상태였고 심지어 서로의 스케줄에 맞춰 정호를 어떻게 굴릴지에 대한 상의도 끝낸 상태였다.

정호는 이제 빼도 박도 못하는 상황이었다.

19장. 드디어 개봉

〈아마데우스 황〉의 홍보는 훌륭히 진행됐다.

'헐크 퍼포먼스'가 붐을 일으키는 사이, 마침내 CG 작업을 끝마치며 영화가 완성됐고 배우들이 본격적으로 세계 투어를 다니면서 영화 홍보에 나섰다.

박태식을 적극적으로 케어하기 위해 정호도 이 행렬에 참가하면서 〈아마데우스 황〉에 대한 열기를 느낄 수 있었다.

이미 〈아마데우스 황〉은 전 세계에 모르는 사람이 없을 정도로 유명해진 상태였다.

'공항마다 팬들과 기자들로 인산인해를 이루는군. 캐논

레위스의 말대로 배우들의 투어를 취소해도 됐겠어.'

그만큼 대단한 인기였다.

세계 각지 어딜 가도 〈아마데우스 황〉을 모르는 사람이 없었다.

먼저 알아보고 인사를 건네거나 귀빈 대접을 해 줬다.

그러다 보니 투어 자체에 의미가 있나 싶은 생각이 들었다.

하지만 그렇다고 해서 배우들의 투어가 아무런 효과가 없었던 것은 아니었다.

배우들의 투어는 헐크 퍼포먼스와 〈아마데우스 황〉을 연결시켜 주는 중요한 연결고리 역할을 했던 것이다.

다시 말해서 헐크 퍼포먼스와 〈아마데우스 황〉을 연관지어 생각하지 못하던 사람들에게 적절한 다리를 놓아줬다고 할 수 있었다.

또한 투어는 박태식에게 힘을 실어 주기도 했다.

〈도넛 캘린더〉로 전 세계적으로 이름을 알렸지만 마블 코믹스의 주연 배우치고는 다소 티켓 파워가 약하다고 할 수 있는 박태식이었다.

하지만 이번 투어 중 박태식은 적극적이고 성실한 태도로 시사회, 인터뷰, 예능, 화보, 광고 등의 스케줄을 소화했고, 그와 함께 〈아마데우스 황〉의 주연 배우로서의 입지를 단단히 굳힐 수 있었다.

◇ ◆ ◇

〈아마데우스 황〉은 북미 시장부터 개봉했다.

특별한 이유는 없었다.

상영관을 확보하는 과정에서 그저 배급이 그렇게 이뤄졌다.

북미를 시작으로 한국, 일본, 중국, 유럽, 나머지 국가로 개봉이 이어질 예정이었다.

정호는 제이미 존슨, 토비 워커와 함께 첫 개봉일의 결과를 기다렸다.

투어 이후 줄곧 컬처 필드의 미국 지부로 출근하고 있는 닉 리먼드도 함께였다.

닉 리먼드가 말했다.

"와우, 기대되는걸? 저번에 시사회 때 보니깐 영화가 무척이나 재미있던데 당연히 잘되겠지, 제이미?"

제이미 존슨이 고개를 끄덕이며 대답했다.

"당연히 잘되겠지. 사실 오늘 흥행 기록보다 중요한 건 이후의 평가야. 그나저나 넌 여기 왜 온 거야?"

닉 리먼드가 그것도 모르냐는 듯 대꾸했다.

"왜긴 왜야. 집에 혼자 있으면 심심해서 온 거지. 겸사겸사 동료의 응원도 하고 말이야. 근데 태식 씨가 안 보이네? 총 대표님, 태식 씨는 어디 갔어요? 같이 결과 안 기다려요?"

총기획팀에서 올린 매출 동향 보고서를 검토하고 있던 정호가 보고서에서 눈을 떼지 않고 입을 열었다.

"인터뷰 끝날 시간이 거의 다 됐으니 곧 올 거예요."

닉 리먼드는 한 차례 휘파람 소리를 내더니 물었다.

"휘유~ 인터뷰! 어디 인터뷰인데요?"

정호가 답했다.

"워싱턴리포트요. 벌써 영화의 성공을 예감한 듯 흥행 소감 인터뷰를 하자고 하더라고요."

워싱턴리포트만이 아니었다.

다른 미국의 유력 언론들에서도 흥행 소감 인터뷰를 미리 하자고 난리였다.

토비 워커가 정호의 말을 받았다.

"꼭 영화의 흥행을 예감해서 인터뷰를 하자고 한 건 아닐 겁니다. 혹시 영화가 실패해도 흥행 소감 인터뷰는 쓸모가 많죠. 배우가 미리 설레발을 쳤다는 식의 기사로 바꿔서 내보내면 되거든요."

닉 리먼드가 고개를 끄덕였다.

"하긴 그렇지. 나도 3집 때 앨범 잘된다고 큰소리쳤다가 괜히 망신만 당했잖아."

제이미 존슨이 끼어들었다.

"그건 네가 먼저 잘난 척해서 그런 거잖아요. 그러게 그런 괜한 소리를 왜 해."

닉 리먼드는 고개를 으쓱한 뒤 대답했다.

"난 진짜 그 앨범이 잘될 줄 알았거든. 그나저나 인터뷰라니 부럽네. 나도 새 앨범이나 낼까? 어떻게 생각해요, 총대표님?"

보고서를 전부 살핀 정호가 고개를 들었다.

"새 앨범 좋죠. 생각해 둔 콘셉트 있어요?"

닉 리먼드가 씨익, 웃으며 말했다.

"아직 콘셉트는 없어요. 하지만 빨리 만들어야죠. 그래야 총 대표님을 데리고 방송 출연을 할 수 있잖아요."

닉 리먼드의 말에 정호가 인상을 찌푸렸다.

애써 외면하고 있던 일이었다.

결국 정호는 헐크 퍼포먼스를 도와준 가수들과 함께 방송에 출연하기로 합의를 본 상태였다.

하수아가 여론을 그쪽으로 강력하게 내몬 탓에 도저히 빠져나갈 구멍이 없었다.

그래서 정호는 〈아마데우스 황〉의 활동이 어느 정도 마무리되는 대로 방송 출연을 시작해야 했다.

정호가 한 차례 한숨을 쉰 뒤, 말했다.

"휴, 정말 걱정이네요. 제가 전문 방송인도 아닌데 나가서 뭘 할 수 있다고 이러는지……."

닉 리먼드가 웃음기를 머금은 채로 대답했다.

"걱정 마요. 할 건 굉장히 많을 겁니다. 게다가 총 대표님은 이미 아는 사람은 다 알고 있는 유명 인사잖아요. 인기가 웬만한 연예인 못지않으니 방송에 나가면 반응이 무척 좋을 거예요."

정호가 다시 한 번 한숨을 쉬었다.

"제발 그랬으면 좋겠네요."

그렇게 한창 대화를 나누고 있을 때, 누군가 지부장실의 문을 두드렸다.

정호는 총 대표였지만 아직 미국 지부의 지부장이 없는 관계로 임시로 지부장실을 사무실로 사용하고 있는 중이었다.

밖을 향해 정호가 외쳤다.

"네, 들어오세요."

문을 열고 들어온 사람은 미국 지부의 직원이었다.

"총 대표님. 〈아마데우스 황〉의 첫날 성적이 나왔습니다."

문과 가장 가까이 있던 닉 리먼드가 직원이 들고 있던 한 장짜리 보고서를 먼저 살폈다.

"와우! 대박인데요? 다행이다, 제이미. 우리 회사 안 망하겠어."

제이미 존슨도 궁금한지 닉 리먼드에게 다가가 보고서를 들여다봤다.

그리고 말을 잃었다.

"허······."

결국 토비 워커도 궁금증을 참지 못하고 첫날 관객수를 직접 확인했다.

"말도 안 돼······."

◇ ◆ ◇

확실히 대단한 기록이었다.

데즈니의 영향력으로 상영관을 미국 역대 최고 숫자인 4,655개를 잡긴 했지만 첫날 수익이 1억 553만 달러(약 1,130억 원)나 나올 줄은 몰랐던 것이다.

이대로라면 개봉 첫 주에 2억 달러를 넘길 가능성이 높았다.

미블 코믹스의 영화 중에서 개봉 첫 주에 2억 달러(약 2,140억 원)를 넘긴 영화는 〈어벤져팀〉이 유일했다.

너무나도 놀라 입을 다물지 못했던 토비 워커가 이내 침착한 말투로 돌아와 말했다.

"흥행 수입을 첫 주에 2억 달러 넘긴 작품은 〈어벤져팀〉을 제외하고도 세 작품밖에 되지 않습니다. 만약 〈아마데우스 황〉이 이대로 첫 주에 2억 달러를 넘는다면 다섯 번째로 이름을 올리겠군요."

굉장하다는 말밖에 나오지 않는 기록이었다.

하지만 그보다 정호를 기쁘게 하는 것은 1,130억 원이라는 흥행 수입이었다.

〈아마데우스 황〉이 금요일에 개봉했기 때문에 주말이면 성적이 더 오를 것이 확실했다.

그렇다면 〈아마데우스 황〉에 투자를 한 컬처 필드는 막대한 금액을 배분받을 분명했다.

닉 리먼드의 말대로였다.

〈아마데우스 황〉의 수입만으로도 컬처 필드의 미국 지부는 미래에 대한 모든 걱정을 떨쳐 낼 수 있었다.

심지어 이 수익은 그저 티켓 수익에 불과했다.

제이미 존슨이 이 부분을 언급했다.

"〈아마데우스 황〉이 불러올 2차 수익을 생각하면 벌써부터 흥분되는군요! 대단합니다! 정말 대단해요!"

그렇게 정호를 비롯한 모든 사람들이 흥분의 도가니에 빠졌다.

닉 리먼드조차 연신 "나도 영화나 찍어 볼까?"와 같은 망발을 반복했다.

제이미 존슨이 말도 되지 않는 소리는 집어치우라고 대답했고.

지부장실 너머도 시끌시끌한 것을 보니 미국 지부의 다른 직원들도 흥분을 감출 수가 없는 모양이었다.

"해냈다!"

"대박이다!"

"대성공이야!"

작은 소리지만 직원들이 환호하는 소리가 문틈을 비집고 들어왔다.

하지만 잠시 후, 누군가 등장했는지 바깥 직원들의 소란이 더 커졌다.

직원 중 누군가 스타를 목격한 팬처럼 "꺄아악!" 하고 소리를 지르기도 했다.

한동안 소란이 계속됐고 소란을 일으킨 주인공이 마침내 지부장실의 문을 열었다.

다름 아닌 박태식이었다.

박태식은 어안이 벙벙한 표정으로 지부장실의 문을 닫고 물었다.

"밖의 직원들이 난리가 났던데 이게 무슨 일입니까……? 소리를 지르는 것도 모자라 막 사인을 부탁하고 사진을 같이 찍어 달라는 직원들도 있던데 자주 보던 식구들끼리 갑자기 왜 그러는지……."

정호는 그런 박태식의 반응을 보고 아무 말 없이 한 장짜리 첫날 수익 보고서를 건넸다.

박태식이 보고서를 확인하며 놀랐다.

"이…… 이건……."

정호가 놀라서 말을 잇지 못하고 있는 박태식에게 웃는

낮으로 말했다.

"축하합니다. 기록적인 영화의 주연 배우가 되셨군
요."

〈아마데우스 황〉은 첫 주 2억 달러의 기록을 어렵지 않게 넘어섰다.

첫 주에 2억 달러를 넘긴 작품의 순위는 다음과 같았다.

1위 〈스타월드 : 깨어난 아우라〉 2억 4,800만 달러(약 2,650억 원).

2위 〈스타월드 : 최후의 제단〉 2억 2,200만 달러(약 2,373억 원).

3위 〈주라기 시대〉 2억 880만 달러(약 2,232억 원).

4위 〈어벤져팀〉 2억 740만 달러(약 2,218억 원).

금액도 금액이지만 랭크된 작품의 면면을 살피더라도 첫 주에 2억 달러의 기록이 얼마나 대단한지 알 수 있는 대목이었다.

그리고 〈아마데우스 황〉은 이 대단한 작품들과 당당히 어깨를 나란히 했다.

〈아마데우스 황〉의 첫 주 기록은 2억 3,100만 달러(약 2,471억 원)로 역대 랭킹 2위에 해당되는 대기록이었다.

'그나저나 북미 시장에서는 〈스타월드〉의 위력이 대단하군. 첫 주 2억 달러의 기록을 두 작품이나 가지고 있다니.'

하지만 〈아마데우스 황〉이 역대 랭킹 2위의 기록을 갈아치우면서 미블 코믹스의 영화도 첫 주 2억 달러의 기록에 두 작품이나 랭크시키는 데 성공했다.

당연히 데즈니 입장에서는 이 기록을 자랑스러워했다.

캐논 레위스에게 전화가 걸려 왔다.

"첫 주 기록 확인하셨습니까? 위에서 난리가 났습니다. 〈아마데우스 황〉이 미블 코믹스 최고의 영화가 될 거라면서요."

확실히 이 추세대로라면 그럴 가능성이 높았다.

첫 주 2억 달러 랭킹에 이름을 올린 작품 중에서 역대급 수익을 올리지 못한 영화는 없었기 때문이었다.

그럼에도 불구하고 정호는 상황을 낙관적으로만 보지 않았다.

"분명 좋은 추세입니다. 하지만 쉽게 단정을 지을 만한 사항은 아닙니다. 〈스타월드〉를 통해 알 수 있듯이 북미 시장에서 좋은 성적을 낸다고 해서 세계에서 인정받는 건 아니니까요."

정호의 분석은 정확했다.

북미 시장에서 언제나 좋은 성적을 거두는 〈스타월드〉였지만 수익을 합산하면 역대 순위에서 조금 처지는 편이었다.

북미 시장과는 다르게 해외에서는 〈스타월드〉의 위상이 그렇게 높지 않기 때문이었다.

그리고 그건 〈아마데우스 황〉도 마찬가지였다.

홍보가 무척이나 잘됐다지만 미블 코믹스의 히어로 중에서 '아마데우스 황'은 '스파이더보이'나 '아이언슈트'처럼 유명하지 않았다.

그런 까닭에 〈스타월드〉와 비슷한 성적표를 받아 들 가능성이 높았다.

캐논 레위스가 대답했다.

"확실히 그 부분은 저를 비롯한 윗선에서도 인지하고 있습니다. 하지만 이번만큼은 조금 다를 것 같은 예감이 듭니다. 그만큼 〈아마데우스 황〉은 홍보가 아주 잘됐으니까요."

캐논 레위스의 말도 일리가 있었다.

분석이라는 건 어떻게 취합하느냐에 따라서 결과가 달라지는 것이었다.

〈아마데우스 황〉이 〈스타월드〉와 같은 노선을 밟을 가능성이 높다고 해도 홍보 결과로 그것을 충분히 뒤집을 수도 있다는 얘기였다.

정호도 그 부분을 기대하고 있었다.

'심지어 〈스타월드 : 깨어난 아우라〉는 세계에서도 통하면서 역대 3위에 랭크가 됐었지. 분명 가능성은 있다.'

몰래 이런 생각을 할 정도로.

다만 과도한 기대는 실망감을 커지게 할 수 있으니 조심스러울 뿐이었다.

정호가 대답했다.

"저도 꼭 제 예상을 뒤집는 결과가 나왔으면 좋겠군요."

◇ ◆ ◇

결과적으로 〈아마데우스 황〉은 불안과 기대를 적절하게 취합한 결과를 내놓았다.

〈아마데우스 황〉의 최종 수익은 19억 달러(약 2조 301억 원)였다.

역대 수익 4위에 해당되는 기록이었다.

'아쉽다. 조금만 더 하면 새 기록을 세울 수 있었는데……'

충분히 대단한 성적이었고 미블 코믹스 역사상 최고의

성적이었지만 정호는 아쉬워했다.

컬처 필드의 자체 기록은 넘지 못했기 때문이었다.

역대 수익 1위부터 5위는 차례로 〈아바타 월드〉(27억 달러), 〈전설의 배: 타이타닉〉(21억 달러), 〈스타월드 : 깨어난 아우라〉(20억 달러), 〈레드, 월 스트리트〉(17억 달러), 〈주라기 시대〉(16억 달러)였다.

다시 말해서 〈아마데우스 황〉(19억 달러)이 기록한 역대 4위의 성적은 당초 〈레드, 월 스트리트〉(17억 달러)가 마크 중이었다는 뜻이었다.

'어차피 〈레드, 월 스트리트〉를 밀어낼 거면 더 높은 순위로 밀어냈다면 좋았을 텐데…… 결국 컬처 필드가 투자한 영화의 최고 순위는 역대 4위로 유지되는구나……'

개인적으로는 아쉽지만 충분히 좋은 성적이었다.

데즈니 측에서 신나서 난리를 칠 정도로 말이다.

캐논 레위스가 지적인 이미지와는 어울리지 않게 컬처 필드의 미국 지부까지 찾아와 호들갑을 떨었다.

"거 봐요! 잘될 거라고 하지 않았습니까! 잘됐잖아요!"

의기양양해하는 태도가 전혀 고깝게 보이지 않았다.

그만큼 결과가 좋았다.

단순히 호들갑만 떨기 위해 찾아온 것은 아니었는지 캐논 레위스가 곧 다른 말을 꺼냈다.

"저희 회사 측에서 〈아마데우스 황〉의 성공을 자축하는 파티를 열려고 하는 괜찮을까요?"

데즈니의 배려였다.

데즈니가 축하 파티를 주최하면 〈아마데우스 황〉의 성공의 공이 전부 데즈니에게 넘어갈까 봐 염려한 것이었다.

컬처 필드도 엄연히 〈아마데우스 황〉에 투자한 회사였기 때문이었다.

컬처 필드가 투자한 금액도 데즈니에 못지않았고.

하지만 정호로서는 마다할 제안이 아니었다.

'투자했다는 생색을 이런 데까지 낼 필요는 없다. 이미 이 영화에 투자를 했다는 소식만으로도 미국 내에서 컬처 필드의 입지는 충분히 다져졌으니깐. 오히려 이참에 데즈니와의 관계를 돈독히 하는 게 낫다. 다음 영화도 함께할 사이이니깐.'

〈아마데우스 황〉은 시리즈물이었다.

앞으로 적어도 두 편의 영화 제작을 데즈니와 함께해야 한다는 얘기였다.

그리고 이 과정에서 관계를 쌓는다면 정호가 계획한 대로 미블 코믹스 히어로 영화에 컬처 필드의 배우들을 다수 포진시키는 것도 충분히 가능했다.

계산을 마친 정호가 답했다.

"데즈니가 자축 파티를 열어 준다면 저희로서는 고맙죠. 부탁드리겠습니다."

캐논 레위스가 만족스러운 미소를 지으며 입을 열었다.

"이해해 주셔서 감사합니다. 데즈니의 이름만이 아니라 컬처 필드의 이름도 대문짝만 하게 박아서 자축 파티를 진행하도록 하겠습니다."

◇ ◆ ◇

〈아마데우스 황〉의 자축 파티는 성대하게 열렸다.

주최 측은 데즈니였지만 캐논 레위스의 장담대로 컬처 필드의 이름이 대문짝만 하게 들어가 전혀 불만을 가질 이유가 없었다.

오히려 기대보다 너무 잘 챙겨 줘서 고마울 따름이었다.

정호는 박태식과 함께 제임스 현에게 다가갔다.

제임스 현은 수많은 사람들에 둘러싸여 축하를 받고 있었다.

하지만 정호와 박태식이 다가가자 사람들이 알아서 물러났다.

정호 때문이 아니었다.

이 파티의 진정한 주인공이라고 할 수 있는 제임스 현과 박태식의 만남을 두 눈으로 목격하기 위함이었다.

제임스 현이 과장된 제스처로 정호와 박태식을 환영했다.

"오우! 총 대표님과 태식 씨가 오셨군요! 오랜만입니다. 잘 지내셨죠?"

제임스 현의 말대로 오랜만의 만남이었다.

개봉 전까지는 함께 투어 등의 홍보 스케줄을 소화하며 거의 매일 붙어 다니다시피 했지만, 개봉 후반부부터는 각자 휴식을 취했다.

간격에 큰 차이 없이 영화가 전 세계적으로 개봉을 했기 때문이었다.

그러다 보니 영화 상영 후반부에는 특별한 홍보가 필요하지 않았다.

이미 홍보를 끝낸 것이다.

정호가 대답했다.

"저희는 잘 지냈습니다. 감독님은 얼굴 보기 힘들 정도로 바쁜 시간을 보내셨다는 얘길 들었는데요?"

제임스 현이 고개를 끄덕인 뒤 말했다.

"네. 무척이나 바빴죠. 오랜만에 하루 12시간씩 꿈나라를 열심히 헤맸거든요. 사실 감독이야 촬영이 없으면 바쁠 일이 뭐 있겠습니다. 각본이나 구상하면서 그냥 있는 거죠."

박태식이 관심을 보였다.

"각본 구상을 하셨나요? 궁금하군요. 어떤 내용입니까?"

박태식의 질문을 받자마자 제임스 현의 안색이 환해졌다.

그 순간, 정호는 스위치를 잘못 눌렀다는 걸 깨달을 수 있었다.

제임스 현은 이런 질문을 대충 얼버무릴 사람이 전혀 아니었기 때문이었다.

제임스 현이 어린아이처럼 신나서 말했다.

"태식 씨라면 궁금해하실 줄 알았습니다. 제가 구상한 것은 역시나 2대 헐크맨이 된 아마데우스 황의 행보였습니다. 아시다시피 아마데우스 황이 2대 헐크맨이 되고 나서부터는 원작 팬들의 불만이 쏟아지죠. '지구에서 여섯 번째로 똑똑한 남자'라는 독특한 개성이 헐크맨이 되고 나서부터는 퇴색된다고요. 그러다 보니 아무래도 그걸 잘 수습하여 영화로 보여 주는 게 관건……."

처음에만 해도 정호를 비롯한 주변 사람들은 제임스 현의 얘기에 흥미를 가지고 귀를 기울였다.

하지만 금세 흥미를 잃을 수밖에 없었다.

미블 코믹스의 마니아만이 알아들을 수 있는 내용으로 얘기가 깊어진 것이다.

결국 대다수의 사람들은 제임스 현에게서 떨어져 따로 친목을 다지기 시작했고 제임스 현의 곁에 남은 사람은 박태식 한 사람뿐이었다.

〈아마데우스 황〉의 주연 배우이자 미블 코믹스의 골수팬인 박태식만이 흥미롭게 제임스 현의 얘길 듣는 셈이었다.

정호 역시 제임스 현과 박태식에게서 떨어졌다.

그러고는 주변을 둘러보며 오늘 만나야 하는 사람이 있는지 확인했다.

다양한 유명 인사들이 초대되어 파티를 빛내고 있었지만 딱히 정호가 만나봐야 할 사람은 없어 보였다.

'제임스 현과 태식 씨의 대화가 끝나면 파티장을 벗어나야겠군. 이 자리에는 함께 참석한 제이미와 토비만 있어도 되겠어.'

그런 생각을 하고 있을 때였다.

누군가 정호를 향해 다가오는 인기척이 느껴졌다.

그쪽으로 고개를 돌려보니 캐논 레위스와 어느 건장한 체격의 신사가 다가왔다.

정호는 신사의 정체를 한눈에 파악할 수 있었다.

'앨런 아이거……!'

데즈니 컴퍼니의 회장, 앨런 아이거였다.

앨런 아이거.

그는 2006년 픽세스, 2009년 미블 코믹스, 2012년 룩스 필름을 데즈니의 품에 안겨 데즈니의 황금기를 이끈 진정한 사업가였다.

이게 얼마나 대단한 업적인지 인수한 회사들의 대표작을 보면 알 수 있었다.

'픽세스의 대표작은 〈토이 내러티브〉, 미블 코믹스의 대표작은 〈어벤져팀〉, 룩스 필름의 대표작은 〈스타월드〉······.'

앞서서 미블 코믹스와 룩스 필름을 구분하여 비교했지만 결국 둘은 데즈니 산하의 동일한 회사라고 할 수 있었다.

결국 〈토이 내러티브〉도, 〈어벤져팀〉도, 〈스타월드〉도 모두 데즈니의 것이었다.

그걸 가능하게 만든 사람이 앨런 아이거 회장이었고.

'심지어 최근에는 20세기 폭시사의 인수 소문까지 돌고 있지. 그렇게 된다면 데즈니 회장의 4연임이 확정되는 셈이다.'

어쨌든 그 정도로 대단한 인물이 정호에게로 다가오는 중이었다.

정호는 왠지 긴장감을 느끼며 앨런 아이거 회장을 마주했다.

마침내 정호 앞에 선 앨런 아이거 회장이 먼저 입을 열었다.

"반갑습니다. 컬처 필드의 오정호 총 대표님이시죠?"

21장. 거부할 수 없는 제안?

앨런 아이거의 목소리에서는 자신감이 느껴졌다.

한마디의 인사말로도 그걸 단번에 느낄 수 있었다.

하지만 정호가 앨런 아이거에게 압도된 것은 아니었다.

데즈니와 비교하기에는 손색이 있겠지만 정호도 여러 기업을 거느리고 있는 통합 브랜드의 대표였다.

긴장감으로 몸이 빳빳하게 굳으면 여유를 잃고 페이스를 상대방에게 넘겨주게 된다는 걸 누구보다도 잘 알았다.

'침착하자. 앨런 아이거 회장의 말대로 난 컬처 필드의 총 대표, 오정호다.'

정호는 이렇게 마음을 다잡으며 대답했다.

"네, 안녕하세요. 컬처 필드의 총 대표, 오정호입니다. 앨런 아이거 회장님을 만나 뵙게 돼서 영광입니다."

말은 영광이라고 했지만 정호의 태도는 당당했다.

눈빛부터 행동까지 어느 것 하나 흔들림이 없었다.

그걸 보고 앨런 아이거 회장이 살짝 놀랐다.

미국 대통령조차도 자신의 앞에 처음 섰을 땐 긴장한 기색이 느껴졌기 때문이었다.

'후후후. 이거 생각보다 만만찮은 상대로군. 재미있게 됐어……'

앨런 아이거가 이런 생각을 하며 말했다.

"하하하, 영광까지야. 오히려 제가 영광이죠. 이번 〈아마데우스 황〉의 성공에 총 대표님의 바이럴 마케팅이 큰 공헌을 했다는 얘길 들었습니다."

이곳이 한국이라면 이쯤에서 겸손을 떨어야 마땅했다.

하지만 이곳은 미국이었다.

겸손은 미덕이 아니라는 얘기였다.

정호는 앨런 아이거에게 미국의 문화에 맞는 대답을 들려줬다.

"딱히 어려운 일은 아니었습니다. 컬처 필드의 직원들은 그런 마케팅 전략을 세우는 데 특화되어 있거든요."

정호가 어떤 생각으로 이런 대답을 했는지 파악하며 앨런 아이거가 호탕하게 웃었다.

"하하하, 그랬군요. 대단합니다. 정말 대단해요."

그렇게 정호와 앨런 아이거 회장은 이번 〈아마데우스 황
〉을 홍보하는 데 사용한 바이럴 마케팅 전략에 대해서 심도
깊은 대화를 나눴다.

특히 '헐크 퍼포먼스'라는 돌발성을 다소 내포하고 있는
바이럴 마케팅 전략에 대한 얘기가 주를 이뤘다.

그렇게 십여 분 정도의 시간 동안 대화를 나누던 아이거
가 화제를 전환했다.

"대화를 나누다 보니 어느새 이렇게 시간이 흘렀군요.
사실 제가 오 대표님과 한 가지 상의드릴 얘기가 있습니
다."

정호가 물었다.

"상의요?"

앨런 아이거는 한 차례 고개를 끄덕인 뒤, 답했다.

"네, 상당히 중요한 얘기입니다. 그래서 그런데 자리를
좀 옮길 수 있을까요?"

뭔가 수상한 냄새가 났다.

갑자기 자리를 옮기자고 하는 게 왠지 수상했다.

하지만 그보다는 궁금증이 앞섰다.

'앨런 아이거 정도 되는 인물이 나와 상의하고 싶다는
얘기가 무엇일까⋯⋯.'

이런 생각이 정호의 머릿속을 지배했다.

결국 정호는 궁금증을 참지 못하고 앨런 아이거를 따라 나섰다.

앨런 아이거는 파티장 위층에 위치한 집무실로 정호를 데려갔다.

파티장만 한 크기지만 화려한 파티장 분위기와는 다르게 정돈된 느낌이 강하게 풍기는 집무실이었다.

무엇보다도 고풍스러운 느낌의 가구들이 눈에 띄었다.

아니나 다를까 앨런 아이거 회장이 입을 열었다.

"제가 미국에서 주로 사용하는 집무실 중 하나입니다. 그중에서도 가장 정돈된 느낌의 집무실이죠."

'주로 사용하는 집무실 중 하나' 라는 말에 앨런 아이거가 사용하는 집무실이 여러 개라는 사실을 어렵지 않게 유추할 수 있었다.

앨런 아이거가 말을 이었다.

"이곳에 오면 마음이 무척이나 편해집니다. 다소 낡고 오래된 느낌이 나긴 하지만 이런 고풍스러운 가구들이 사람의 마음을 편하게 하는 것만은 사실이죠."

정호가 고개를 끄덕이며 동의했다.

"아무래도 그런 면이 있죠."

앨런 아이거는 그렇게 대답하는 정호에게 자리를 권했다.

정호가 그곳에 앉자 앨런 아이거 자신도 맞은편 소파에 착석했다.

잠시 후, 앨런 아이거의 비서로 보이는 사람이 들어와 물었다.

"안녕하십니다. 앨런 아이거 회장님의 비서 제시카 위고입니다. 마실 것 준비해 드리겠습니다. 어떤 것으로 드릴까요?"

비서의 말을 듣고 앨런 아이거가 정호에게 물었다.

"고풍스러운 가구들과 어울리는 와인 몇 종류가 있는데 혹시 괜찮으시면 함께하시겠습니까?"

앨런 아이거의 목소리가 자신감이 넘치던 음색에서 편안한 분위기의 음색으로 바뀌었다는 사실을 파악하면서 정호가 대답했다.

"좋죠. 추천 부탁드립니다."

그렇게 와인이 준비됐다.

비서와 앨런 아이거 모두 아무런 설명도 하지 않았지만 어마어마한 금액의 와인이라는 걸 한눈에 알 수 있었다.

올드 빈티지 와인을 딸 때 사용되는 '와소'라는 오프너가 사용됐기 때문이었다.

오래된 와인은 코르크 마개가 부식이 돼서 일반 오프너로 오픈을 하면 코르크 마개가 부서지기 때문에 반드시 '와소'라는 이 오프너를 사용하기는 것이 좋았다.

그런 까닭에 굳이 이 '와소'라는 오프너를 사용한다는 것 자체가 굉장히 값비싼 와인을 상징한다고 할 수 있었다.

'흠…… 도대체 무슨 얘기길래 이렇게 분위기를 잡는 걸까……?'

하지만 아쉽게도 앨런 아이거는 쉽게 본론을 꺼내지 않을 모양이었다.

정호가 편안한 분위기에서 와인을 마실 수 있도록 가벼운 수준의 질문과 대답만이 오고가도록 분위기를 적절히 주도했다.

그렇게 한참 대화가 오가며 분위기가 달아올랐을 때, 마침내 앨런 아이거가 본론으로 들어갔다.

"아까 상의드릴 말이 있다고 했었죠? 그래서 여쭤보고 싶은 게 있습니다. 혹시 데즈니가 컬처 필드를 인수하는 문제에 대해서 어떻게 생각하십니까?"

데즈니에서 주최한 파티는 새벽 1시쯤에 마무리됐다.

공식적인 행사만 마무리됐을 뿐 마음이 맞는 사람들끼리 다른 자리로 이동을 하는 경우가 대다수였지만 정호의 일행은 공식적인 행사가 마무리되자마자 자리를 떴다.

굳이 다른 사람들과 교류를 할 필요성을 느끼지 못했기 때문이었다.

'만나 볼 사람은 전부 만나 봤다. 그나저나 앨런 아이거

회장이 그런 제안을 할 줄은 몰랐군…….'

아까의 상황으로 돌아가 보면 에둘러 말했지만 앨런 아이거가 원하는 것은 간단히 말해서 '컬처 필드의 인수'였다.

앨런 아이거는 컬처 필드의 성장 가능성을 높이 사고 있다며 이렇게 말했다.

"아시다시피 20세기 폭시사의 인수가 거의 마무리 단계에 놓여 있습니다. 이것만으로도 데즈니는 지금보다 최소 몇 배 더 성장하겠죠. 하지만 저는 이 정도로 멈출 생각이 없습니다. 영화라는 분야에서 벗어나 다양한 예술 사업에서 데즈니의 영향력을 떨치고 싶습니다."

한마디로 컬처 필드를 인수하여 예술 산업 전반에 기반을 쌓고 싶다는 얘기였다.

확실히 컬처 필드는 앨런 아이거가 원하는 조건에 딱 들어맞는 회사였다.

영화 사업을 제외하고도 주력으로 삼는 분야가 굉장히 다양했기 때문이었다.

모든 분야에서 세계적인 경쟁력도 있었고.

하지만 정호는 앨런 아이거의 제안을 딱 잘라 거절했다.

"흥미롭군요. 회장님의 색깔이 드러나는 회장님다운 제안입니다. 하지만 제안은 못 들은 걸로 하죠. 컬처 필드는 컬처 필드로 남을 겁니다. 그리고 컬처 필드로 성장할 겁니다."

여지가 없는 거절이었지만 앨런 아이거는 기분 나빠하지
않았다.

오히려 거절을 예상했다는 듯 이렇게 대답했다.

"다들 그렇게 단호하게 시작하죠. 하지만 저와 데즈니는
포기하지 않을 겁니다."

세계적인 대기업 데즈니의 회장다운 자신감이었다.

그리고 앨런 아이거라면 충분히 그럴 수 있을 거라는 생
각이 들기도 했다.

하지만 그러한 말에도 정호는 흔들리지 않았다.

15년.

자그마치 15년의 시간을 거슬러서 신념으로 일궈 낸 회
사였다.

이런 회사를 누구에게도 넘겨줄 생각이 없었다.

게다가 정호는 이 회사를 자신만의 회사라고 생각하지도
않았다.

'컬처 필드는 사람이 사람을 만나 이뤄 낸 모두의 회사
다. 사업적 이득을 위해서 회사를 넘겨줄 수는 없어. 컬처
필드만의 색깔로 예술과 문화의 진정한 울타리로 거듭나겠
다.'

그렇게 생각했기 때문에 정호는 흔들리지 않고 다시 한
번 확실히 선을 그을 수 있었다.

"다시 말씀드리지만 컬처 필드를 함부로 넘보지 마십시오.

향후 몇 년 안에 컬처 필드는 데즈니가 상대할 가장 강력한 회사가 될 겁니다. 그리고 또 몇 년이 지나면 데즈니를 뛰어넘겠죠."

그렇게 하고 싶은 말을 다 뱉어 낸 정호는 망설임 없이 앨런 아이거의 집무실을 빠져나왔고, 그와 동시에 데즈니에서 주최한 파티가 마무리됐다.

정호가 그렇게 앨런 아이거와의 일을 회상하고 있을 때였다.

숙소로 돌아가기 위해 운전 중 심심했는지 제이미 존슨이 정호에게 물었다.

"아까 앨런 아이거 회장과 자리를 옮기시던데 무슨 대화를 하신 겁니까?"

조수석에 앉아 있던 정호가 대답했다.

"별일 아닙니다. 데즈니에서 컬처 필드를 인수하고 싶다고 하더군요."

그 말에 뒤에 앉아 있던 토비 워커와 박태식이 깜짝 놀랐다.

그럴 수밖에 없는 상황이었다.

데즈니는 픽세스, 미블 코믹스, 룩스 필름에 이어 20세기 폭시사까지 포식이 예정돼 있는 맹수 중의 맹수였기 때문이었다.

토비 워커가 다급하게 물었다.

"그, 그래서 뭐라고 대답하셨습니까?"

당황한 토비 워커를 안심시키기 위해 정호는 뒷좌석으로 고개를 돌려 웃음을 띤 채 대답했다.

"걱정하지 마세요. 다시는 컬처 필드를 넘보지 말라고 으름장을 놨습니다."

토비 워커는 휴 하고 안심을 했다.

하지만 이번에는 제이미 존슨이 놀랐다.

"정말 앨런 아이거 회장에게 그렇게 말씀하신 겁니까?"

정호가 고개를 끄덕이며 답했다.

"물론이죠. 제가 그런 식의 무례를 그냥 넘기고 볼 사람이 아니지 않습니까."

제이미 존슨은 그래도 그건 좀 너무하지 않냐는 표정으로 정호를 힐끔 바라봤지만 정호는 그저 편안히 웃기만 했다.

그러자 뒤에서 잠자코 대화를 듣고 있던 박태식이 큰 소리로 웃었다.

"하하하. 천하의 앨런 아이거 회장을 앞에 두고 그런 반응으로 보이다니. 역시나 총 대표님답군요. 앨런 아이거 회장도 꽤나 놀랐을 겁니다."

박태식의 말에 정호가 너스레를 떨었다.

"놀라기는 이릅니다. 제가 이런 말도 했거든요. '다시 말씀드리지만 컬처 필드를 함부로 넘보지 마십시오. 향후 몇 년 안에 컬처 필드는 데즈니가 상대할 가장 강력한 회사가 될 겁니다. 그리고 또 몇 년이 지나면 데즈니를 뛰어넘겠죠.' 라고."

정호가 토씨 하나 틀리지 않고 앨런 아이거 회장에게 했던 말을 세 사람에게 들려줬다.

그러자 박태식은 또 한 번 큰 소리로 웃으며 좋아했고 토비 워커는 약간 감동받은 표정을 지어 보였다.

그리고 마지막으로 제이미 존슨은 피식 하고 웃었다.

도저히 진짜 정호가 그런 말을 했다고는 믿지 않는 반응이었다.

하지만 정호가 잠자코 웃기만 하자 불안했는지 이렇게 물었다.

"아니죠? 진짜 그런 건 아니죠?"

정호는 제이미 존슨의 질문에 끝까지 대답해 주지 않았다.

22장. 나는 스타 매니저입니다

앨런 아이거와의 일은 해프닝으로 일단락됐다.

제이미 존슨이 정말 그런 식으로 앨런 아이거에게 말했는지 집요하게 물었지만 정호는 끝까지 대답해 주지 않았다.

끙끙거리며 궁금해하는 제이미 존슨의 모습을 보는 것이 즐거웠기 때문이었다.

그렇게 〈아마데우스 황〉과 관련된 대부분의 업무가 끝이 났다.

그와 동시에 미국 지부도 완벽하게 자리를 잡았다.

앞으로 〈아마데우스 황〉의 시리즈가 계속 나올 예정이었으니 입지는 더욱 탄탄해질 것이 분명했다.

뿐만 아니라 제이미 존슨과 토비 워커가 데려온 연예인들의 면면도 화려했고.

'젠킨슨 므라즈, 아딜, 나르스, 조셉 크리스 래빗, 제인 맥아담스…… 딱 뮤지션 둘, 배우 둘이 영입됐군……'

얼핏 보면 적은 숫자처럼 보일지 모르지만 웬만한 기업 못지않은 수입을 벌어들이는 대스타들이었다.

미국 내에서 탄탄한 기반을 가진 기업 네 곳이 컬처 필드라는 브랜드에 합류했다고 해도 과언이 아닌 셈이었다.

'이렇게 미국 지부의 일이 마무리되는 수순이군. 게다가 영국 지부의 상황도 무척이나 좋아.'

영국 지부 쪽에서는 헤이즐의 성장세가 눈부셨다.

영국을 대표하는 신인 밴드로 헤이즐이 이름을 알리기 시작한 것이다.

이제 영국 내에서 헤이즐을 모르는 사람은 없었다.

나아가 세계에서도 헤이즐이라는 신인 밴드의 음악을 즐겨 듣는 사람들이 생겼다.

'헤이즐의 〈블랙 오브 스카이〉가 빌보드 차트 7위까지 올랐으니깐.'

최근 촬영을 마무리한 〈셜리 홈즈〉 시즌 2의 반응을 봐야 확신할 수 있겠지만, 이로써 컬처 필드의 영국 진출도 성공이라고 봐야 했다.

결국 컬처 필드는 한국, 중국, 일본, 영국, 미국에 지부를 세우고 기반을 다지는 데 성공한 것이었다.

'이제 한시름 났나……?'

하지만 정호의 고난은 이게 끝이 아니었다.

하수아의 한마디 말로 카라오톡 단체방이 다시 시끄러워졌기 때문이었다.

[하수아: 방금 제가 대단한 정보를 입수했습니다! 닉 리먼드의 오피셜, '닉피셜'에 따르면 총 대표님이 미국 지부에서의 업무를 어느 정도 마무리했다고 합니다!]

[오서연: 우오오오오오오!]

[아웃라이더: 예에에에에에쓰스스스스스!]

[권채아: 컴온! 컴온!]

이제 방송 출연을 할 시간이었다.

◇ ◆ ◇

'아…… 차라리 일을 하고 싶다…… 일을……'

이런 생각이 절로 들 정도의 **빡빡한** 스케줄이었다.

서당 개 삼 년이면 풍월을 읊는다고.

지금껏 스케줄을 소화하면서 스케줄 짜는 법을 제대로 습득한 것인지 컬처 필드의 뮤지션들이 정호를 제대로 굴렸다.

플래티나와 함께 〈한밤의 연예 중계〉의 인터뷰를 한 것이 최초의 시작이었다.

정문복과 함께 〈라디오 스타트〉에 게스트로 나가서 폭로전을 벌어야 했고, 아웃라이더가 고정 출연 중인 〈새벽세끼〉에서는 새벽에 일어나 아궁이에 불을 지펴야 했으며, 블루 도넛이 메인인 〈비긴 어게인: 밴드의 시작〉에서는 갑자기 뉴질랜드행 비행기에 함께 올라 매니저 역할을 수행해야 했다.

이뿐만이 아니었다.

타이탄의 신곡 앨범을 홍보하기 위해 〈코미디 즐거운 리그〉의 '오지랖쟁이'라는 코너에 카메오로 출연해야 했고, 지킬과 하이드와 함께 〈대시맨〉에 나가 지킬팀과 하이드팀 어디에도 끼지 못한 채 첩자로 활동해야 했으며, 〈나 혼자 쉰다〉에서는 오서연의 집에 방문하여 요리를 해 줘야 했다.

하지만 이게 끝이 아니었다.

정호에게는 해외에서의 스케줄도 남아 있었다.

미국에서는 닉 리먼드와 함께 〈코난 토크쇼〉에 출연하여 말발을 과시해야 했고, 일본에서는 디퍼런트 트윈과 함께 〈그렇습니까?〉에 출연하여 일본 MC들의 짓궂은 장난에 호응해 줘야 했던 것이다.

고달픈 나날의 연속이었다.

해도 해도 도무지 방송이 끝날 기미를 보이지 않았다.

심지어 에너지 소모가 무척이나 컸다.

방송은 전부 재미있게 나갔다는 얘길 들었지만 요즘 트렌드에 맞게 프로 방송인도 당황할 만한 돌발 상황이 너무나도 많았던 것이다.

그나마 〈한밤의 연예 중계〉, 〈나 혼자 쉰다〉, 〈코난 토크쇼〉 정도가 얌전한 수준이었다.

'〈라디오 스타트〉에서는 나도 모르게 너무 많은 말을 해버렸다. 나중에 정신을 차리고 보니 봉팔이랑 강 이사까지 소환돼 폭로의 대상이 되었지.'

정호를 당혹스럽게 한 것은 〈라디오 스타트〉만이 아니었다.

〈대시맨〉에서 지킬팀과 하이드팀 어디에도 끼지 못한 채 첩자로 활동할 때는 너무나도 외롭고 고통스러웠다.

심지어 〈대시맨〉의 닳고 닳은 멤버들이 정호가 첩자라는 사실을 너무나도 빨리 눈치 채서 방송 사고가 날 뻔하기도 했다.

'그랬는데도 아직 유나의 스케줄이 남아 있다니 끔찍하군…… 이번에는 무슨 방송일까……?'

정호가 무엇보다 힘든 점은 어떤 방송에 출연하는지 도무지 알 수가 없다는 사실이었다.

영국에서 귀국하여 정호의 임시 매니저를 자처하고 있는 민봉팔이 스케줄에 관한 내용을 철저하게 함구했기 때문이었다.

이동하는 차 안에서 정호가 물었다.

"이번에는 어디야? 이 방송하고 나서 설마 하나 또 있는 건 아니지? 유나랑 밀키웨이를 분리한다든가 뭐 이런……."

민봉팔이 웃으며 대답했다.

"걱정 마. 내가 애들에게 사정을 말해서 스케줄 하나로 줄였어. 네가 너무 힘들어한다고 내가 사정사정했거든. 어때, 나 잘했지?"

정호가 안도의 한숨을 쉬며 대답했다.

물론 안도가 됐다고 해서 말이 좋게 나갈 리 없었다.

"야, 잘하긴 뭘 잘해. 지금까지 스케줄 하나 안 가르쳐 줬으면서."

민봉팔이 변명했다.

"나도 어쩔 수 없었어. 애들이 자꾸 스케줄 말해 주지 말라고 하는데 어쩌냐?"

정호는 한 차례 손사래를 쳐 보인 뒤 말했다.

"아. 됐어, 됐어. 그나저나 이번 스케줄은 뭐야? 이번에는 좀 말해 줘 봐."

민봉팔이 고개를 저었다.

"거의 다 왔으니깐 눈으로 직접 확인해."

◇ ◆ ◇

민봉팔은 정호를 데리고 방송국 스튜디오 쪽으로 이동했다.

정호는 다시 한 번 안도했다.

스튜디오 촬영이라면 그나마 몸은 편했기 때문이었다.

'마지막 촬영은 좀 쉬우려나……? 그나저나 이쪽은 잘 안 쓰는 스튜디오였던 거 같은데 왜 이쪽으로 데려오지……?'

정호가 민봉팔과 함께 도착한 곳은 MBS 방송국이었다.

가장 자주 들락날락거렸던 방송국이기 때문에 웬만한 방송국 관계자보다 내부 구조를 훤히 꿰고 있었는데, 정호가 지금 향하는 곳은 단 한 번도 가본 적이 없는 스튜디오였다.

'이런 스튜디오는 보통 특별 편성을 할 때만 사용하는데…… 설마……?'

정호의 추측대로였다.

민봉팔이 앞서서 문을 열고 들어간 스튜디오에는 특별 편성 방송이 준비되어 있었다.

한창 촬영을 준비 중이던 MBS의 송 사장의 오른팔이자 실제인 김 PD가 정호와 민봉팔을 발견하고 다가왔다.

"오셨습니까, 총 대표님?"

"네, 도착했습니다만…… 지금 무슨 촬영을 준비 중인 겁니까?"

돌발 상황을 만들어 내는 것으로 유명한 김 PD답게 왠지 스산한 느낌이 드는 미소로 입을 열었다.

"〈나는 스타 매니저입니다〉라는 제목의 특별 편성 방송입니다. 일요일 오후 7시 방송으로 MC는 유재승 씨가 수고해 주실 거고요. 패널로는 밀키웨이 멤버들이 완전체로 나올 겁니다. 물론 메인 게스트이자 주인공은 총 대표님이고요."

정호는 자신도 모르게 되물었다.

"제가요?"

그럴 수밖에 없었다.

김 PD 자체도 대한민국 최고의 PD로 불리는 사람이었다.

'그런데 대한민국 최고의 MC가 진행을 하고 세계적인 스타가 패널로 등장하는 특별 편성 방송의 주인공이 다름 아닌 나라니……'

속이 타들어 가는 느낌이었다.

그런데 그런 상황에서도 김 PD는 얄밉게도 표정 하나 변하지 않은 채 이렇게 대답했다.

"네, 총 대표님이 주인공입니다. 잘하실 거예요."

환장할 노릇이었다.

정호는 자신도 모르게 물었다.

"이거 송 사장님도 알고 계세요? 아는데도 이런 방송을 편성한 거예요?"

이번에도 표정 하나 바뀌지 않은 채 김 PD가 대답했다.

"네, 알고 계세요. 무척이나 흡족해하시던데요?"

정호는 이마를 부여잡고 앓는 소리를 냈다.

이 장면조차 촬영 중이라는 걸 모르는 채로.

◇ ◆ ◇

정호는 성큼성큼 걸음을 옮겼다.

대기실이 점차 가까워질수록 까르르, 하고 웃는 소리도 가까워졌다.

정호가 향하고 있는 곳은 다름 아닌 밀키웨이 멤버들의 대기실이었다.

문을 벌컥, 열고 등장한 정호가 소리쳤다.

"야, 하수아! 이거 너무한 거 아니야?"

하수아가 깜짝 놀라며 대답했다.

"어머, 깜짝이야! 오셨어요?"

"오셨어요? 지금 '오셨어요?' 라는 말이 나와?"

"그럼 '안녕히 가세요.' 라고 할 수는 없잖아요? 그나저나 우리 총 대표님 방송물 좀 먹었다고 얼굴 훤칠해지신 것 봐.

미지 언니, 우리 총 대표님 더 잘생겨지지 않았어요?"

뻔한 수작이었다.

화제를 전환하여 상황을 무마시키려는 속셈이 분명했다.

정호가 이 부분을 지적하려고 했지만 이어진 유미지의 말이 정호의 말문을 막았다.

"진짜네? 총 대표님 완전 달라진 거 같아. 메이크업을 받고 와서 그런가?"

유미지의 말을 하수아가 호들갑을 떨며 받았다.

"자세히 봐 봐. 그게 아니라니깐? 완전 그냥 진짜 잘생겨졌어. 어머, 눈부셔! 총 대표님 고개 좀 잠깐 치워 주세요! 눈부셔서 도저히 쳐다볼 수가 없어요!"

정호는 그런 하수아를 향해 입을 열었다.

"야, 오버하지 마. 그런다고 내가……."

하지만 정호의 말을 신유나가 끊고 들어왔다.

"와, 근데 총 대표님 진짜 신수가 훤해지셨네요. 이게 정말 방송물 때문인가? 그것보다는 여운 언니랑 연애해서 그런 거 아니야?"

오서연이 대답했다.

"그런 거 같아. 여운 언니랑 연애설 터지고 나서부터 조금씩 외모의 변화가 생기더군, 쳇. 난 나날이 늙어 가고 있는데."

정호가 오서연을 타박했다.

"그러게 술을 좀 끊으라니깐. 그리고 네가 무슨 늙어 가고 있다고 그래. 얼마 전에도 동안 스타 순위에 올랐으면서."

유미지가 물었다.

"그런 순위도 있었어?"

하수아가 대답했다.

"당연히 있죠~ '쩨지'에서 매년 하잖아요. 그리고 제가 작년에 3위까지 올랐어요! 서연 언니는 12위~!"

정호가 끼어들었다.

"유나는 1위."

"아, 쫌!"

그렇게 오랜만에 완전체로 만난 밀키웨이 멤버들과 대화를 나누다 보니 정호는 애초에 여길 왜 왔는지에 대해서 까맣게 잊고 말았다.

그만큼 밀키웨이 멤버들과 함께 하는 시간은 정신없이 즐거웠다.

그리고 30분 후, 스태프가 문을 두드리고 들어와 말했다.

"곧 촬영 시작됩니다. 이동해 주세요."

그제야 정호는 자신이 하수아의 말 돌리기에 당했다는 사실을 깨달을 수 있었다.

"야, 하수아! 너 진짜 이럴래?"

하수아가 대답했다.

"헤헤헤, 한 번만 봐줘요. 오늘 촬영 재미있을 거예요. 그나저나 총 대표님, 아직 질문지 안 읽어 봤죠?"

23장. 방송의 여파?

　국민 MC답게 유재승은 능숙하게 〈나는 스타 매니저입니다〉를 진행했다.

　자칫 지루해질 수도 있는 토크쇼 형식의 프로그램을 즐거운 분위기에서 촬영할 수 있도록 끊임없이 도움을 준 것이다.

　특히 〈인피니트 챌린지〉에 함께 출연하는 하수아와의 호흡이 대단했다.

　유재승이 패널석에 앉아 있는 하수아에게 물었다.

　"하수아 양, 밀키웨이 멤버들과 함께 방송에 출연하니깐 어떠세요?"

하수아가 능숙하게 매뉴얼대로 답했다.

"무척이나 좋죠. 개인 활동으로 멤버들이랑 함께할 기회가 많이 없어서 늘 아쉬웠는데 총 대표님 덕분에 이렇게 모일 수 있어서 행복합니다."

유재승이 걸려들었다는 듯 짓궂은 미소를 띠며 물었다.

"그래요? 확실히 즐거운 모양이군요. 그럼 질문을 하나 추가하겠습니다. 〈인피니트 챌린지〉 멤버가 좋아요, 밀키웨이 멤버가 좋아요?"

하수아가 당황했다.

"네?"

유재승이 하수아를 몰아붙였다.

"왜요? 대답 못해요?"

하수아가 얼굴이 빨개진 채 유재승을 질책했다.

"아, 왜 그래요~ 하지 마요!"

그때 오서연이 끼어들었다.

"설마 못 고르는 거야? 난 한 번에 고를 수 있는데."

유재승이 오서연에게 같은 질문을 했다.

"〈인피니트 챌린지〉 멤버가 좋아요, 밀키웨이 멤버가 좋아요?"

오서연이 막힘없이 답했다.

"당연히 밀키웨이죠."

그러자 옆에서 하수아가 난리를 쳤다.

"아, 서연 언니랑 저랑 같아요? 저는 매주 〈인피니트 챌린지〉에 고정 출연하잖아요!"

유재승이 물었다.

"그래서 고정적으로 출연하는 〈인피니트 챌린지〉가 더 좋다, 그 말씀이십니까?"

마음 약한 리더 유미지가 옆에서 깜짝 놀랐다.

"진짜야? 수아는 우리보다 〈인피니트 챌린지〉가 더 좋아?"

하수아가 고개를 저으며 답했다.

"아니. 그건 오해예요, 언니. 그게 아니라……."

유재승이 하수아의 말을 끊으며 물었다.

"그럼 밀키웨이가 더 좋다?"

하수아가 혼란스러워하며 말했다.

"아니, 그렇게 말하면 안 될 것 같은데…… 〈인피니트 챌린지〉는 제 밥줄이라……."

하수아의 밥줄 드립에 출연진과 스태프들 전부가 빵 터졌다.

하지만 유재승은 멈출 생각이 없는 듯했다.

"그래서 밥줄 〈인피니트 챌린지〉가 더 좋다?"

하수아가 투정 부리듯 말했다.

"아, 나한테 하지 마요! 오늘 주인공은 총 대표님이잖아요!"

그 말을 듣고 잽싸게 몸을 틀어 유재승이 정호에게 질문했다.

"어떠세요, 총 대표님? 〈인피니트 챌린지〉 멤버가 좋아요, 밀키웨이 멤버가 좋아요?"

정호가 씨익, 웃으며 대답했다.

"당연히 밀키웨이 멤버가 좋죠. 수아는 아닌 것 같지만……."

결국 하수아가 폭발했다.

"아, 진짜! 나한테 왜 그러냐고요!"

◇ ◆ ◇

유재승은 이런 식으로 적절히 양념을 뿌리며 진행을 원활하게 이어 나갔다.

그 덕분에 분위기는 계속 활기를 띨 수 있었다.

하지만 그렇다고 해서 장난만 친 것은 아니었다.

〈나는 스타 매니저입니다〉라는 프로그램 제목에 어울리는 질문도 간간이 정호에게 들어왔다.

"제가 알기론 매니저가 하는 일이 굉장히 다양한데요. 소개 좀 해 주실 수 있을까요?"

"총 대표님은 보통 어떤 일을 주로 맡으셨습니까?"

"총 대표님의 최초 업적은 〈내 사랑 티라미수〉라고 하던데 이와 관련된 일화를 들을 수 있을까요?"

"여기에 함께 나와 있는 밀키웨이와의 인연이 특별하다고 들었습니다. 어떻게 멤버들을 모으게 된 겁니까?"

"강여운 양의 얘길 안 할 수 없군요. 언제 서로 처음으로 마음이 통했나요?"

"컬처 필드의 발족에 숨겨진 뒷이야기가 있다고요?"

"문화왕이라는 별명으로 불리는데 어떠세요? 별명이 마음에 드시나요?"

정호는 성심성의껏 유재승의 질문에 답했다.

그리고 그럴 때마다 사방에서 연신 감탄이 터져 나왔다.

가장 가까이에서 얘기를 듣는 유재승은 물론이고 김 PD를 비롯한 현장 스태프들도 정호의 놀라운 업적에 압도됐다.

그만큼 지금껏 정호가 해낸 일들은 전부 기적이라는 수식어가 아깝지 않은 대단한 일들이었다.

심지어 정호를 평소 잘 안다고 생각하던 밀키웨이 멤버들조차 놀랄 정도였다.

유재승이 말했다.

"정말 대단하시네요. 미래를 예측하는 뛰어난 통찰력, 수많은 성공을 불러온 획기적인 전략들, 사람을 먼저 생각하는 철학까지, 어느 것 하나 대단하지 않은 것이 없습니다."

유재승의 말에 밀키웨이 멤버들도 고개를 끄덕였다.

밀키웨이 멤버들이 생각하기에도 정호가 해낸 일들에 대해서 들을수록 놀라움의 연속이었기 때문이었다.

그렇게 재미와 감탄을 모두 잡은 촬영이 막바지에 이르렀다.

유재승이 정호에게 부탁했다.

"자, 이제 마지막으로 컬처 필드의 앞으로 행보에 대해서 한마디 남겨 주시죠."

카메라가 정호를 향해 천천히 줌인됐다.

정호는 그 카메라를 보며 신중하게 말을 고른 뒤 입을 열었다.

"컬처 필드의 행보라…… 컬처 필드의 행보는 지금까지와 같을 것입니다. 지금의 정체성으로 나아가겠죠."

유재승이 물었다.

"컬처 필드의 정체성은 뭔가요? 놀라운 성공, 획기적인 전략?"

정호가 답했다.

"둘 다 아닙니다. 컬처 필드의 정체성은…… 그런데 예능에서 이런 따분한 얘기를 해도 되는 건가요?"

유재승이 웃으며 말했다.

"무척 교묘한 부분에서 끊으시네요. 마지막이니깐 시청자분들도 이해해 주실 겁니다. 계속하시죠."

정호가 고개를 끄덕인 뒤 말을 이었다.

"컬처 필드의 정체성은…… 사람입니다. 어쩌면 시청자분들은 이 방송에 나온 저를 대단한 사람이라고 생각할 수도 있을 겁니다. 하지만 정작 대단한 일을 해내고 있는 것은 제가 아닙니다. 컬처 필드에 소속된 수많은 직원들과 연예인들이죠. 그들이야말로 진정한 컬처 필드의 자랑이며, 컬처 필드 역사의 산증인들입니다. 그리고 그들이 지금까지의 컬처 필드를 만든 것처럼 앞으로의 컬처 필드도 만들어 나갈 겁니다."

여기까지 말한 후, 정호가 하수아에게 물었다.

"근데 진짜 이거 이대로 방송에 나가도 괜찮은 걸까? 너무 재미없지?"

하수아가 대답했다.

"약간 느끼하긴 했지만 괜찮을 거예요."

정호가 되물었다.

"느끼했어? 다시 갈까?"

유재승이 고개를 저으며 하수아 대신 대답했다.

"괜찮았어요. 그냥 가시죠."

오서연이 덧붙여 말했다.

"맞아요. 그냥 가요. 빨리 끝내고 회식하러 가요."

신유나가 그런 오서연을 타박했다.

"언니, 또 술 마시려고요? 그만 마셔요. 그러다가 진짜 얼굴 폭삭 늙어요."

유미지가 거들었다.

"맞아. 술 이제 그만 마셔. 오늘은 간단히 커피만 마시고 들어가자."

오서연이 발끈했다.

"싫어! 술 마실 거야! 술, 술, 술! 총 대표님, 술 사 주실 거죠?"

정호가 대답했다.

"안 돼. 너 그러다가 '쎄지' 동안 순위에서 완전히 밀려난다?"

유재승이 물었다.

"아, 서연 양이 '쎄지' 동안 순위에 올랐어요?"

오서연이 찌릿, 유재승이 째려보며 말했다.

"뭐예요, 그 반응은? 내가 동안 순위에 있는 게 믿기지 않아요?"

유재승이 말끝을 흐리며 대꾸했다.

"아니, 그런 건 아닌데······ 그럼 여기서 촬영 끝내도록 하죠! 수고하셨습니다!"

2주 후.

〈나는 스타 매니저입니다〉가 방송을 탔다.

그리고 사람들이 반응을 쏟아 내기 시작했다.

[뭐지?ㅋㅋㅋㅋ 문화왕 진짜 미쳤다ㅋㅋㅋㅋ]

[개멋있어ㅋㅋㅋㅋ 근데 원래 저렇게 잘생겼나?ㅋㅋㅋㅋ]

[옛날부터 훈남 스타일 아니었어요?ㅋㅋㅋ]

[존못이라는 태그를 봤던 거 같은데 착각이었나 보네ㅋㅋㅋㅋ]

[원래 매니저가 저런 일을 전부 다 하는 건가요?ㅋㅋㅋ]

[문화왕이 특이한 거 같음ㅋㅋㅋㅋ]

[그건 아닌 듯ㅋㅋㅋ 문화왕 종특이라기보다는 청월이 작은 회사여서 그랬던 거 아님?ㅋㅋㅋ 방송에서 말한 것처럼 매니저는 전문 분야가 캐스팅, 기획, 로드로 구분되는데 청월이 작은 회사였으니깐 셋 다 하는 거지ㅋㅋㅋㅋ]

[〈내 사랑 티라미수〉 시절만 해도 청월은 진짜 작은 회사였지ㅋㅋㅋㅋ]

[근데 이렇게 커져서 컬처 필드까지 발족시켰으니ㄷㄷㄷㄷ]

[최근 행보 보면 정말 컬처 필드는 미친 것 같다ㅋㅋㅋㅋ]

[영국이랑 미국에서도 잘될 줄은 몰랐음ㅋㅋㅋㅋ]

[근데 요즘 왜 자꾸 문화왕 방송 나오는 거임?ㅋㅋㅋㅋ 예전에 방송 싫어한다고 하지 않았나?ㅋㅋㅋㅋ]

[나 아는 언니가 컬처 필드 다녀서 들었는데 컬처 필드 소속 뮤지션들이 들고 일어났다고 함ㅋㅋㅋㅋ 억지로 헐크 퍼포먼스시켰다고ㅋㅋㅋㅋ 그래서 지금 그거 보상한다고 소속

뮤지션이 나가라는 프로그램 전부 나가는 거임ㅋㅋㅋㅋ]

　[아ㅋㅋㅋㅋ 개웃기네ㅋㅋㅋㅋ]

　[그럼 컬처 필드 소속 뮤지션이랑 사이 안 좋은 거?]

　[방송 안 봤냐?ㅋㅋ 딱 봐도 친구처럼 사이좋게 잘 지내더만ㅋㅋㅋㅋ]

　[플래티나 띄워주겠다고 직접 〈한밤의 연예 중계〉에도 나왔음ㅋㅋㅋㅋ 말단까지 챙기는 섬세함ㅋㅋㅋㅋ]

　[이제 이 정도면 문화왕은 교과서에도 나오지 않을까?ㅋㅋㅋㅋ]

　[웬만한 위인급이긴 하지ㅋㅋㅋㅋㅋ]

　[정호 오빠 너무 멋있어…….]

　[나도 어제 방송 보고 입덕bbb]

　[혹시 문화왕 공식 팬클럽 주소 아시는 분?]

　[문화왕한테 공식 팬클럽이 있다고?ㅋㅋㅋㅋ]

　[공식 팬클럽 없습니다ㅋㅋㅋㅋㅋ]

　[정말 오정호는 진국인 거 같다ㅋㅋㅋ 소속 직원들이랑 연예인들 엄청 챙기는 게 눈에 보임ㅋㅋㅋㅋ]

　[컬처 필드 직원들 중에 문화왕 싫어한다는 사람 본 적 없음ㅇㅇ]

　[아ㅋㅋㅋ 진짜?ㅋㅋㅋㅋ 한 명도 없을 수 있나?ㅋㅋㅋㅋ]

　[컬처 필드가 웬만한 대기업보다 연봉부터 복지까지 완벽한 거 모름?ㅋㅋㅋㅋ]

[웬만한 대기업이라니ㅋㅋㅋㅋ 지금 컬처 필드보다 대기업이 어디 있다고ㅋㅋㅋㅋ]

[저번에 사성 그룹도 거의 따라잡았다고 하지 않았음?ㅋㅋㅋㅋ]

[아직은 아니고ㅋㅋㅋ 5년 안에 사성 그룹 넘을 거라는 예측이 나오긴 함ㅋㅋㅋㅋ]

[문화왕 근데 왜 이렇게 웃김?ㅋㅋㅋㅋㅋ]

[요즘 방송 나온 거 다 챙겨 봤는데 진짜 웃기더라ㅋㅋㅋㅋ]

[〈라디오 스타트〉에서 이사들 폭로전 한 거 현웃 터짐ㅋㅋㅋㅋ]

[옆에서 정문복도 웃겨서 죽으려고 하더라ㅋㅋㅋㅋㅋㅋ]

[나는 〈나 혼자 쉰다〉에서 오서연 저녁 먹으라고 술안주 해 준 게 더 웃기던데ㅋㅋㅋㅋ]

[오서연은 그 와중에 술안주 보고 감동ㅋㅋㅋㅋㅋㅋ]

[진짜 문화왕 매력 터지더라ㅋㅋㅋㅋㅋ]

[갖고 싶다! 문화왕!]

폭발적인 반응이었다.

모든 커뮤니티에서 정호의 이야기를 했고 심지어 실시간 검색어 1위를 차지하더니 도무지 내려올 생각을 하지 않았다.

하지만 정작 정호는 한국에서의 반응을 파악하지 못하고 있었다.

〈아마데우스 황〉의 후속편 제작 문제로 급하게 미국을 다녀와야 했기 때문이었다.

결국 아무것도 모른 채 미국을 다녀온 정호는 엄청난 상황에 맞닥뜨려야 했다.

입국장을 진입하기 직전, 민봉팔이 웃음을 터뜨렸다.

"크크큭."

정호가 물었다.

"왜 그래? 왜 웃어?"

민봉팔이 고개를 저으며 대답했다.

"아니야. 아무것도. 나가 보면 알 거야."

정호는 뭔가 싶어서 의아했지만 별생각 없이 입국장으로 진입했다.

민봉팔의 말대로 나가 보면 모든 의문이 풀릴 거라는 생각했기 때문이었다.

그리고 그 순간, 목격했다.

플래카드를 들고 있는 수많은 팬들과 카메라 플래시들을.

그들은 한마음 한뜻으로 정호의 입국을 축하하고 있었다.

24장. 끝나지 않는 시간

정호의 성공 신화는 계속됐다.

한국, 중국, 일본, 영국, 미국을 차례로 정복한 정호는 프랑스, 독일, 러시아 등 전 세계를 대상으로 지부를 넓혀 나갔다.

실패는 없었다.

매번 각 국가에 딱 들어맞는 새로운 전략이 시도됐고, 그 전략들은 언제나 유례없는 성공을 이끌어냈다.

정호도 사람이기 때문에 언젠가 실패를 맛볼 것이라고 사람들은 생각했지만 그런 일은 끝내 벌어지지 않았다.

5년, 10년이 지나도 정호의 곁에는 언제나 성공만이 머물렀다.

한번은 뉴욕타임즈의 기자가 정호에게 이런 질문을 한 적이 있었다.

"어째서 당신은 실패하지 않는 겁니까?"

정호는 이렇게 대답했다.

"사람들은 제가 실패를 겪지 않는다고 생각하지만 그건 사실이 아닙니다. 사람들이 그저 감춰진 제 실패를 모를 뿐입니다."

이 대답은 그대로 전 세계적으로 전파됐고 사람들은 정호가 겸손한 천재라며 극찬했다.

하지만 정호의 말은 진심이었다.

정호는 언제나 실제로 실패를 겪었기 때문이었다.

다만 정호에게는 그걸 되돌릴 수 있는 능력이 있었다.

—시간을 결제하시겠습니까?

그렇다고 정호가 늘 시간 결제의 힘을 빌린 것은 아니었다.

오히려 시간 결제 능력을 사용하는 일보다 사용하지 않는 일이 더 많아졌다.

그것은 어느 순간 깨달은 한 가지 사실 때문이었다.

◇ ◆ ◇

세계 최고의 대학 중 한 곳으로 평가받는 미국의 하버드 대학교.

그곳의 대강당에는 수천 명의 학생들이 한 남자의 특강을 기다리고 있었다.

그 남자는 다름 아닌, '세계에서 가장 영향력 있는 인물 1위'에 꼽힌 우리가 잘 아는 '누군가'였다.

"정말 그가 오는 거야?"

"어제 기사를 보니깐 프랑스 영화제에 참가했던데 여기까지 하루 만에 오는 게 가능할까?"

"아, 왔으면 좋겠다. 실물로 꼭 보고 싶은 사람인데. 나는 그의 팬이라고."

특강 시작 두 시간 전, 이미 학생들로 꽉 차 버린 대강당에서 여기저기 웅성거리는 소리가 울려 퍼졌다.

그리고 그 소리는 대강당으로 천천히 다가가고 있는 오늘의 주인공 귀로 들어왔다.

'다들 기대가 크군. 나도 왠지 떨리는데…….'

그런 상념에 사로잡힌 채 남자는 대강당 문 앞에 섰다.

그러자 줄곧 남자를 안내하던 하버드 대학교의 학장이 직접 대강당의 문을 열어 주며 말했다.

"이쪽입니다, 오정호 총 대표님. 하버드에 오신 걸 환영합니다."

정호는 미소를 띤 채 감사의 의미로 학장에게 고개를 끄덕여 보였다.

그런 뒤, 대강당의 문을 넘었다.

강렬한 빛이 정호를 맞이했다.

뜨거운 열정과 풋풋함 설렘이 공존하는 그런 빛이었다.

◇ ◆ ◇

말끔한 정장을 입은 정호가 등장하자 웅성거리던 소리가
뚝 끊겼다.

마치 세계 최고의 인재라고 평가받는 하버드 대학교의
학생들이 정호의 기에 눌린 것처럼.

정호는 가만히 눈을 감은 채 대강당의 공기를 들이마셨
다.

그런 뒤, 눈을 뜨고 단상을 향해 걷기 시작했다.

뚜벅, 뚜벅, 뚜벅.

정호의 명품 구두가 강당을 가로지르는 소리만이 울려
퍼졌다.

대강당에 모인 학생들은 침조차 함부로 삼키지 못한 채
그 모습을 바라보기만 했다.

마침내 단상 위에 오른 정호가 마이크를 집었다.

곧 바로 인사가 이어졌다.

"안녕하십니까? 오늘 특강을 맡은 오정호라고 합니다."

이 한마디로 얼음처럼 굳어 있던 사람들이 환호를 하기
시작했다.

"우와와왕!"

"와! 잘생겼다아아아!"

"멋있어요오오오!"

"포스 작려여여여열!"

대체로 영어였지만 한국어나 다른 곳의 언어 같은 것도 들려왔다.

그 모습에서 사람들이 얼마나 정호에게 환호하고 있는지가 여실히 드러났다.

하지만 정호는 능숙하게 사람들의 환호를 받았다.

10년 전, 하수아의 돌발 행동으로 갖가지 방송에 출연한 이후로 정호에게는 웬만한 연예인 못지않은 팬클럽이 생겼다.

그래서 해외 이동을 할 때마다 팬들의 환호와 카메라 플래시 세례를 받아야 했고, 그러면서 자연스럽게 환호와 플래시 세례를 받는 것에 익숙해졌다.

물론 그렇다고 정호가 떨리지 않는 것은 아니었다.

'하버드에서의 특강이라…… 생각지도 못한 일이었지.'

하버드에서 강의를 제안받은 것은 불과 한 달 전의 일이었다.

방금 정호를 이곳으로 안내한 하버드 대학교의 학장이 정호에게 직접 전화를 걸어와 특강을 부탁했던 것이다.

"꼭 와 주셔서 학생들을 위해 좋은 말씀을 해 주시면 감사하겠습니다. 부탁드립니다."

정호는 처음에 그 제안을 마다했다.

종종 민봉팔, 강철두의 간곡한 요청으로 회사 직원들 앞에서 작은 강연을 한 적은 있었지만 대체로 외부의 이런 제안은 정중히 거절하는 편이었다.

자신에게 그 정도의 자격이 없다고 생각했기 때문이었다.

'나에겐 최고의 학생들에게 최고의 강의를 들려줄 만한 능력이 없다. 지금까지 수많은 대학교들의 특강 제안을 거절했으니 이번에도 거절하는 게 맞을 거야.'

하지만 6년 전 정호의 아내가 된 강여운의 권유로 마음을 고쳐먹었다.

"오빠, 다녀와요. 오빠라면 그럴 자격이 있잖아요."

강여운의 말을 듣고 잠시 고민하던 정호가 고개를 저으며 대답했다.

"아니야. 두서없는 강의가 그들의 장밋빛 미래를 망칠지도 몰라."

강여운이 단호한 어투로 대꾸했다.

"절대 아니에요. 오빠가 단상 위에 서는 것만으로도 학생들의 마음속에는 긍정적인 변화가 일어날 거예요. 저길 봐요, 오빠."

강여운이 가리킨 곳에는 매달 보내오는 팬들의 선물이 한가득 쌓여 있었다.

"매번 세계 최고의 여배우인 저보다 오빠가 더 많은 선물을 받잖아요. 그들의 기대를 저버리지 말아요. 이제 오빠는 누군가의 꿈이고 목표예요."

정호는 그 뒤로도 며칠이나 고민했다.

강의는 사업과 달랐다.

사업이라면 실패를 두려워하지 않고 확신을 가진 채 일단 시도부터 하고 봤겠지만 강의는 그렇게 접근할 수가 없었다.

잘못된 가르침이 '사람'에게 미칠 수 있는 영향력을 생각할 때마다 정호는 멈칫할 수밖에 없었다.

평소 올바른 교육이 수반되어야 행복한 미래가 뒤따른다는 생각도 정호가 망설이는 결정적인 이유 중 하나였다.

그때 하버드 대학교 학장이 다시 한 번 전화를 걸어왔다.

"염치 불구하고 이렇게 다시 부탁드리는 점 죄송합니다. 오정호 총 대표님의 특강을 원하는 학생의 사진을 메일로 보내 드렸습니다. 부디 확인해 주시길 부탁드립니다. 그럼 긍정적인 답변 기다리겠습니다."

학장의 말투에서는 왠지 모를 간곡함이 느껴졌고 정호는 학장이 보냈다는 메일을 확인했다.

거기에는 한 사람이 사진이 있었다.

호흡기를 낀 채 죽어 가는 한 사람의 사진이.

그리고 그는 이런 글이 쓰여 있는 플래카드를 들고 있었다.

'Please come over soon(가까운 시일 내에 꼭 와 주세요).'

◇ ◆ ◇

단상 위에 선 정호는 고개를 돌려 사진 속 주인공을 찾았다.

맨 뒤쪽에 있었다.

플래카드를 들고 있지 않다는 사실만 제외하면 사진과 똑같은 모습으로 호흡기를 낀 채 정호를 바라보고 있는 한 소년이.

그가 정호를 이곳으로 불러낸 사람이었다.

14살의 나이로 하버드 대학교에 진학한 뒤 1년 만에 병을 얻어 시한부 판정을 받은 저 천재 소년이 정호를 이곳으로 불러낸 것이었다.

정호가 소년을 보며 말했다.

"제가 가장 보고 싶은 사람이 가장 뒤에 있군요. 알렉스, 이쪽으로 와요."

정호의 말에 학생들의 시선이 일제히 뒤쪽으로 돌아갔다.

학생들은 호흡기를 차고 있는 천재 소년, 알렉스를 발견했다.

그리고 순순히 알렉스가 맨 앞자리로 이동할 수 있도록 도움을 줬다.

지금껏 알렉스를 발견하지 못했다는 사실에 부끄러워하며.

하지만 정호는 그런 학생들을 이해했다.

간절함의 정도는 달라도, 다른 학생들 역시 정호를 손꼽아 기다려 온 사람들이기 때문이었다.

정호가 학생들에게 감사 인사를 전했다.

"감사합니다, 여러분. 감사합니다."

그렇게 알렉스가 가장 앞자리에 위치했다.

하버드 대학교의 학장이 잠시 등장하여 사정을 설명했다.

"아시는 분은 아시겠지만 알렉스는 컬처 필드의 노래를 듣고, 영화를 보고, 드라마를 시청하며 오랜 투병 생활을 견뎌 왔으며, 오정호 총 대표님의 진정한 팬이자 우리 학교의 학생입니다. 오늘 오정호 총 대표님이 손수 발걸음을 옮기기로 마음을 먹은 것도 알렉스 덕분이죠. 그러니 이렇게 앞자리를 차지한 것에 대해 양해 부탁드립니다."

학생들이 사정을 이해한다는 듯 우렁찬 박수를 보냈다.

정호는 그런 학생들과 알렉스에게 따듯한 시선을 한 번씩 준 뒤, 본격적으로 강의를 시작했다.

강의는 전체적으로 특별하지 않았다.

성공에 대한 평범한 이야기와 사람에 대한 평범한 철학이 담겨 있는 강의였다.

하지만 그 말을 하는 사람이 정호라는 점에서 강의의 울림이 달랐다.

그런 까닭에 학생들은 누구보다 깊게 정호의 말에 귀를 기울였고 마음으로 받아들였다.

그런 뒤 마침내 이번 특강의 핵심 주제라고 할 수 있는 시간에 대한 얘기가 나왔다.

정호가 학생들에게 질문했다.

"여러분에게 시간을 되돌리는 능력이 있다고 합시다. 그럼 이 능력을 어떻게 사용하시겠습니까?"

다양한 의견이 나왔다.

세계 평화를 위해 이바지하겠다는 의견, 주변 사람들과 함께 사업을 벌여 떼돈을 벌겠다는 의견, 범죄를 미리 예방하여 범죄가 없는 깨끗한 사회를 만들겠다는 의견, 로또를 잔뜩 사서 부자가 되겠다는 의견 등을 발표했다.

정호는 고개를 한 차례 끄덕인 뒤 말했다.

"여러분의 의견은 대체로 성공과 밀접한 연관이 있군요. 그럼 질문을 바꿔보겠습니다. 시간을 되돌리는 능력을 어떻게 사용하면 행복해질 수 있을까요?"

약간 변형된 질문에 학생들이 멈칫하더니 또다시 여기저기서 의견을 냈다.

시간을 자꾸 되돌려 연인이 가장 좋아하는 선물을 골라 주겠다는 의견, 돌아가신 부모님의 젊은 시절로 찾아가 매일 부모님과 식사를 하겠다는 의견, 가족들과 유원지로 놀러갔던 시간으로 계속 돌아가겠다는 의견 등 이전보다 조금 감성적인 얘기가 주로 등장했다.

그때였다.

알렉스가 호흡기를 벗으려고 몸을 뒤척였다.

뭔가를 말하고 싶어 하는 눈치였다.

"제가 가장 보고 싶었던 친구, 알렉스가 할 말이 있다고 하는 것 같군요. 옆에 계신 분은 어머니이십니까?"

알렉스 뒤에서 휠체어를 밀어 주던 여성이 고개를 끄덕였다.

"알렉스가 말을 할 수 있도록 잠시 도와주실 수 있나요?"

알렉스의 어머니라고 밝힌 여성이 고개를 저으며 대답했다.

"알렉스는 호흡기를 한시라도 뗄 수 없습니다. 대신 제가 알렉스의 의견을 듣고 전해 드릴게요."

알렉스의 어머니는 그렇게 알렉스 쪽으로 귀를 기울였다.

활기를 띤 채 의견을 개진하던 사람들이 그 모습을 보고 숨을 죽였다.

잠시 후, 알렉스의 애길 듣던 알렉스의 어머니가 갑자기 눈물을 흘렸다.

사람들이 웅성거리며 혼란스러워했고 정호 역시도 약간 당황스러웠다.

하지만 알렉스의 어머니는 이내 눈물을 훔친 뒤 알렉스의 말을 최대한 담담히 전해줬다.

"알렉스가 이렇게 말하는군요. 시간을 되돌리는 능력으로 사람이 행복해질 수 있다고요? 그것 사실이 아닙니다. 명제 자체가 잘못됐어요. 계속 시간을 되돌릴 수 있다면 사람은 절대로 행복해질 수 없습니다. 끝나지 않는 시간은 행복이라는 이름의 감동을 전부 앗아가 버리기 때문이죠. 그래서 시간을 되돌릴 수 있는 사람이 있다면 저는 그에게 다가가 이렇게 말할 겁니다. '시간을 되돌리지 마세요. 대신 사랑하는 사람에게 지금, 사랑한다고 말하세요.' 라고."

알렉스 어머니의 말을 전해 듣고 사람들의 눈시울이 붉어졌다.

눈시울이 붉어지기는 정호도 마찬가지였다.

정호가 알렉스의 어머니에게 물었다.

"그래서 방금 알렉스가 뭐라고 하던가요? 알렉스는 당신에게 사랑한다고 말했나요?"

알렉스의 어머니가 고개를 끄덕이며 답했다.

"네. 알렉스는 지금, 저를 세상에서 가장 사랑한대요."

◇ ◆ ◇

그날의 강의 이후로, 정호는 더 이상 시간 결제를 사용하지 않았다.

그리고 강의를 끝낸 그날 밤, 잘 다녀왔냐고 묻는 강여운에게 말했다.

"사랑해, 여운아. 지금 이 시간이 끝나도 좋을 만큼."

매니지먼트

25장. 정말 빛이 나는

제왕

—컬처 필드의 오정호 총 대표, 하버드 대학교 대강당에서 특별 강연.

—오정호가 특별 강연을 하게 된 사정은?

—감동적인 사연의 주인공 알렉스. 오정호 曰 "나보다 훌륭한 강사는 저 자리에 있었다."

—시간을 주제로 강의하던 오정호 총 대표, 16살 소년 알렉스를 선생님으로 인정?

—이번이 40번째! 총 40개국에 컬처 필드의 지부를 설립한 문화왕.

—컬처 필드 한 해 수익, 65억 달러(6조 9,049억 5,000

만 원) 돌파!

　—〈어벤져팀 : 리턴 오브 퍼스트〉에 캐스팅된 세 명의 한국 배우 단독 인터뷰.

　—구미호 콘셉트의 히어로 한서미 역을 맡은 강여운, "액션 신은 원래 내 주 전공."

　—강여운, 박태식, 지해른. 어벤져팀 삼총사가 홍대 예술 마을에 떴다!

　—마포구 시장, "홍대 예술 마을을 전면 확장하겠다." 컬처 필드의 협조 요구.

　—'홍대 예술 마을', '회만 예술 마을'. 뉴욕 타임즈가 선정한 세계 최고의 관광지 각각 9위, 16위 선정. 그럼 1위는?

　—이제 컬처 카드를 세계에서 쓸 수 있다? 총 40개국 컬처 필드 지부에서 컬처 카드 소유자들에게 특별한 혜택 제공.

　—컬처 카드 해외 사용자? 약 1억 4천 명. 웬만한 카드 회사 부럽지 않다!

　—데즈니 앨런 아이거 회장 曰 "컬처 필드를 인수하고 싶었을 때가 있었다. 하지만 지금의 컬처 필드는 데즈니의 가장 강력한 라이벌이다."

　—아프리카에 설립된 첫 번째 컬처 필드의 지부. 난민 기구의 역할을 해낼 수 있을까?

—세계적 부호들의 기부가 쏟아지는 컬처 필드 콩고 지부! 오정호 曰 "많은 분들의 성원에 감사를 전한다."

—실패를 모르는 컬처 필드? 드디어 신인 걸 그룹 데뷔 임박!

—사상 최대 규모의 오디션이 시작됐다! 컬처 필드의 〈유니버스 오디션〉!

착!

여기까지입니다.

이제 신문은 그만 보시고 저를 주목해 주세요.

제가 누구냐고요?

생각해 보니 제 소개가 늦었군요.

제 이름은 천태거라고 합니다.

이름이 조금 독특한가요?

아무래도 그러실 거예요.

저는 가수의 꿈을 좇아 중국으로부터 건너온 중국인 연습생이거든요.

하지만 중국인이라고 해서 걱정하실 것은 없답니다.

가수가 되기 위해서 한국어를 열심히 공부해서 웬만한 한국인만큼 자유자재로 구사할 수 있게 되었거든요.

그러니깐 말이 안 통할 리는 전혀 없다는 뜻입니다.

근데 왜 가수가 되기 위해서 한국어를 공부하냐고요?

컬처 필드가 세계 최고의 연예 기획사가 된 이후로 가수 지망생을 비롯한 모든 연예인 지망생들이 한국어를 익힌다는 사실을 모르셨어요?

아뇨, 아뇨. 필수는 아닙니다.

그저 한국을 기반으로 신인 연예인의 성장을 도모하는 컬처 필드의 문화에 맞추고자 모든 연습생들은 자발적으로 한국어를 배우고 익히는 편이에요.

그러다 운이 좋으면 강여운 선배님, 밀키웨이 선배님 등과 같은 대스타와 말을 섞어 볼 수도 있는 거잖아요.

그것도 한국어로!

아, 사실 지금은 이런 잡담을 나눌 때가 아닙니다.

오늘 예정된 오디션은 무척이나 중요하거든요.

한 시간 후 펼쳐질 오디션을 잘 치르느냐, 못 치르느냐에 따라서 제 데뷔가 결정되기 때문입니다.

저는 5년째 컬처 필드의 연습생 생활을 하고 있습니다.

〈유니버스 오디션〉 시즌 1에서 29위에 오르면서 컬처 필드의 연습생이 됐거든요.

그리고 저를 제외한 스물여덟 명의 언니들은 전부 데뷔를 한 상태입니다.

1위부터 5위까지는 〈유니버스 오디션〉 시즌 1이 끝나자마자 데뷔를 했고 나머지 언니들은 순차적으로 데뷔조를 거쳐서 데뷔 수순을 밟았죠.

하지만 아쉽게도 저는 데뷔조가 아니었습니다.

끼와 매력을 인정받아 〈유니버스 오디션〉 29위에 올랐지만, 데뷔를 하기에는 아직 부족한 점이 많다는 게 트레이너 선생님들의 공통적인 생각이었거든요.

솔직히 인정하기는 싫었습니다.

제 입으로 이런 말을 하기는 좀 부끄럽지만 제가 정말 엄청난 끼와 매력을 지니고 있다고 생각했거든요.

하지만 데뷔한 언니들의 모습을 보면 인정하지 않을 수가 없었어요.

제가 부족하다는 사실을요.

1위와 28위의 실력 차가 확연하게 느껴질 정도로 데뷔한 언니들의 무대는 누구의 것보다도 눈이 부셨거든요.

저는 그런 언니들에 비하면 한참 부족했습니다.

먼저 데뷔한 언니들을 보면서 그 사실을 깨달을 수 있었죠.

물론 그렇다고 해서 가수의 꿈을 포기한 건 아닙니다.

제가 지금껏 자만했다는 걸 인정하고 각고의 노력을 기울였거든요.

그 결과, 저는 데뷔조에 오를 만큼의 실력을 키울 수 있었고 오늘 그 평가가 시작되는 날입니다.

정말 잘하고 싶어요.

저한테 힘을 주세요!

◇　◆　◇

"184번. 천태거 연습생, 들어오세요."

드디어 제 차례입니다.

저의 안무 트레이너이기도 한 곽형철 선생님이 저를 호명하셨거든요.

곽형철 선생님은 일류의 안무 트레이너입니다.

밀키웨이, 타이탄, 지킬, 하이드 등의 전설적인 선배님들을 키워 낸 장본인이기 때문이죠.

그중에서 밀키웨이 선배님들을 키웠다니 멋지지 않나요?

다름 아닌 밀키웨이 선배님들이라고요!

세계 최고의 가수라고 해도 전혀 손색이 없을 바로 그 밀키웨이 선배님들!

아아, 제가 좀 흥분했군요.

이해해 주세요.

제가 밀키웨이 선배님들의 광팬이거든요.

처음 가수의 꿈을 꾸게 된 것도 밀키웨이 선배님들의 공연을 본 이후였습니다.

어쨌든 곽형철 선생님이 어서 오디션장 안으로 들어가 보라며 손짓하네요.

저는 그 손짓에 따라 오디션장으로 이동했습니다.

오늘은 총 200명의 A반 연습생 평가가 이뤄지며 모두 차례로 한 명씩 솔로 안무곡와 솔로 발라드곡을 소화합니다.

긴장되네요.

앞서 183명이 합격점을 받지 못한 채 우울한 얼굴로 오디션장을 떠나는 걸 목격했거든요.

툭, 툭.

제가 긴장한 걸 눈치 채셨는지 곽형철 선생님이 오디션장 안으로 들어가는 저의 어깨를 힘내라는 듯 두 번 두드려 주셨습니다.

하지만 곽형철 선생님의 호의는 아쉽게도 금세 제 머릿속에서 잊혔습니다.

왜냐하면 오디션장에 들어선 제 앞에는 밀키웨이의 메인 보컬, 신유나 선배님이 앉아 계셨기 때문입니다.

아아, 신유나 선배님이라니 꿈만 같습니다.

밀키웨이 선배님들을 모두 좋아하긴 하지만 음악 외길만을 걸어온 신유나 선배님은 제 우상이거든요.

옆에 앉아 계신 인재개발팀의 김 팀장님을 비롯한 다른 심사위원님들에게는 죄송합니다만, 제 눈에는 정말 신유나 선배님밖에 보이지 않았습니다.

정말 너무나도 눈이 부셨거든요.

그 모습을 보고 인재개발팀의 김 팀장님이 말하셨습니다.

"쟤도 저러네. 유나 양, 안 되겠네요. 다음부터는 가면이라도 쓰고 오셔야겠습니다."

신유나 선배님께서 어깨를 으쓱거립니다.

"정말 그래야 할지도 모르겠네요. 왜들 저러지?"

김 팀장님이 대꾸합니다.

"왜들 저러긴요. 유나 양의 스타성이 너무 강렬하니깐 그런 거죠. 아마 유나 양은 평생 모를 겁니다. 유나 양처럼 빛나는 세 사람과 늘 함께하니까요."

신유나 선배님이 고개를 끄덕입니다.

"확실히 그래서 제가 무뎌진 것일지도 모르겠네요. 어쨌든 184번 연습생, 어서 준비한 걸 보여 주세요."

신유나 선배님의 말을 듣고 저는 간신히 정신을 차렸습니다.

이대로라면 안 됩니다.

준비한 걸 전부 보여줘야만 제 앞에서 아름답게 빛나는 신유나 선배님에게 조금이라도 더 가까이 갈 수 있기 때문입니다.

저는 스스로를 다독였습니다.

지금까지 준비한 것들을 믿자.

아까운 시간을 허비하지 않고 매일 흘려 온 땀방울을 기억하자.

그러자 저절로 자신감이 생기고 지금 이 순간 어떤 것이든 제대로 보여 줄 수 있을 것만 같았습니다.

잠시 후, 밀키웨이 선배님들의 두 번째 앨범 타이틀곡인 〈피아노 레인〉의 반주가 흘러나오기 시작했습니다.

알 만한 사람들은 다 아는 이 〈피아노 레인〉은 이별의 슬픔을 적극적으로 이겨 내고자 하는 굳건한 의지와 활기참이 돋보이는 명곡입니다.

다시 말해서 그만큼 힘 있고 절제된 동작이 중요한 포인트라는 뜻입니다.

안무 난이도는 최상급.

본래 네 명이 소화해야 할 안무를 혼자서 소화하려면 더 많은 노력이 필요하지요.

그래서 그런지 김 팀장님이 "오호~ 〈피아노 레인〉?"이라는 감탄사에 가까운 말을 내뱉었습니다.

그만큼 선곡이 의외였다는 뜻이죠.

하지만 저는 자신이 있었습니다.

매일 밤 남몰래 혼자 연습해 온 것이 바로 〈피아노 레인〉의 안무였기 때문입니다.

피아노 선율에 맞춰 몸에 배어 있던 동작들이 하나둘 풀어지기 시작했습니다.

제가 생각하기에도 물 흐르듯 자연스러우면서도 힘 있고 절제된 동작이 제대로 표현되는 느낌이었습니다.

제 느낌은 틀리지 않았나 봅니다.

음악과 함께 마지막 동작까지 끝내고 나자 김 팀장님이 "휘익." 하고 휘파람을 부셨거든요.

김 팀장을 비롯한 다른 심사위원 네 분도 흥미로운 눈으로 저를 지켜보고 있다는 게 느껴졌습니다.

그리고 그중에서도 신유나 선배님이 저를 보며 눈을 빛낸다는 것이 너무나도 뿌듯하고 기뻤습니다.

신유나 선배님이 재촉하듯 말했습니다.

"쉬지 말고 이어가죠. 솔로곡 반주 틀어 주세요."

격렬한 춤을 추고 난 후의 상황이었지만 호흡은 이미 가다듬어진 상태였습니다.

한국어 버전으로 수정된 디퍼런트 트윈 선배님들의 〈미워도 사랑이잖아〉의 반주가 나올 때만 해도 분명 그렇다고 믿었습니다.

하지만 그건 착각이었습니다.

두 번째 소절이 살짝 불안하게 떨린다 싶더니 고음 부분에서 여지없이 제 기대를 산산조각 낼 음이 쏟아지고 말았던 것입니다.

"미워도 사랑하니끄아~"

동전 노래방도 아닌 오디션장에서 '끄아~'라니요.

간신히 음이탈은 피했지만 '끄아~'는 정말 수준 낮은 끝음 처리였습니다.

저 스스로도 그렇게 생각할 수밖에 없었죠.

노래가 끝나고 심사위원님들도 그 부분을 지적했습니다.

"춤만 잘 춘다고 걸 그룹이 되는 게 아니라는 걸 본인도 알고 있죠?"

"춤은 아주 좋았지만 노래는 전체적으로 줄타기를 하는 것처럼 불안했어요. 결국 고음부에서 떨어졌죠."

"아, 아쉽네요. 오늘 본 사람들 중에서 가장 데뷔조에 가까웠는데."

"데뷔조에 넣고 노래만 좀 손보면 어떨까요? 그건 좀 그런가요? 너무 다듬어지지 않은 느낌이라서?"

네 명의 심사위원님들은 촌철살인의 입담으로 제 마음을 갈기갈기 찢어 놨습니다.

이렇게 연습을 했는데도 여전히 다듬어지지 않은 모습이라니.

저는 정녕 가수의 꿈을 포기해야 하는 걸까요?

그때 김 팀장님이 의견을 냈습니다.

"나는 나쁘지 않았는데요? '끄아~'는 정말 아니었지만 다른 부분은 지금 데뷔조 애들보다 낫지 않았어요?"

저의 우상인 신유나 선배님도 김 팀장님의 말에 동조했습니다.

"저도 좋았어요. 근데 왜 하필이면 '끄아~'였죠? 혹시 그 부분에서 트림이라도 한 거예요?"

신유나 선배님이 진지한 얼굴로 제게 질문하자마자 오디션장이 웃음바다가 됐습니다.

"키키킥. 에이, 설마."

"하하하. 그게 말이 돼?"

"트림이라니, 크크큭."

"풉, 그래도 걸 그룹 준비하는 애인데 너무했다!"

저는 제 우상인 신유나 선배님이 그렇게 웃음거리로 전락하는 게 아쉬워서 대답했습니다.

"맞습니다, 트림!"

사실 그건 춤을 너무 격렬하게 춘 바람에 배에 힘이 너무 들어가서 나온 소리였습니다.

하지만 우상인 신유나 선배님을 위해 이렇게 대답했고 사람들은 제 대답을 듣고 배꼽을 부여잡고 바닥을 뒹굴 기세로 웃었습니다.

"하하하. 맞다네."

"아, 웃겨. 키키킥."

"아 미쳤다, 크크큭."

그런 와중에도 카리스마 넘치는 저의 우상 신유나 선배님은 웃음기 하나 없는 얼굴을 한 채 이렇게 말하며 고개를 끄덕였습니다.

"역시, 트림일 줄 알았습니다."

그러자 저도 도무지 웃음을 참을 수가 없었습니다.

사실 신유나 선배님이 처음 트림 얘기를 할 때에도 계속 웃음이 나올 것 같았거든요.

그래서 저는 결국 참지 못하고 "풉." 하고 웃고 말았습니다.

그 모습을 보고 같이 웃고 있던 김 팀장이 말했습니다.

"크큭. 쟤, 웃는 거 봐요. 누가 봐도 유나 양 보호해 주려고 트림이라고 한 거잖아요. 크하하하하."

그렇게 한바탕 웃고 떠들고 나서야 간신히 상황이 진정됐습니다.

여전히 웃음기를 머금고 있는 김 팀장님이 말했습니다.

"아, 정말 즐겁게 웃었어요. 184번, 천…… 태거 양이라고 했죠. 오늘 계속되는 심사로 지쳐 있는 심사위원들을 재미있게 해 줘서 고마워요. 하지만 아쉽게도 데뷔조에는 속하지 못할 것 같네요. 보다시피 과반수가 천태거 양의 데뷔조 합류를 반대했습니다."

심사위원님들은 저마다 저에게 위로의 말을 건넸습니다.

"조금만 노력하면 될 거예요."

"다음 분기 때는 꼭 데뷔조에 들어갑시다."

"보컬 쪽 트레이너를 강화해 달라고 부탁해 볼게요."

"조언 하나 하자면 오디션장 들어오기 전에 너무 많이 먹지 말아요. 트림 소리 안 나게. 크큭."

마지막 발언에 다시 한 번 웃음이 터졌습니다.

하지만 저는 뒤를 돌아 퇴장할 차례였습니다.

"좋은 말씀 감사합니다. 다음에 다시 도전하겠습니다."

그렇게 인사를 한 뒤 나가려는데 때마침 누군가가 벌컥, 문을 열고 오디션장으로 들어왔습니다.

그리고 저는 우상인 신유나 선배님을 만났을 때보다 더욱 크게 놀랄 수밖에 없었습니다.

문을 열고 들어온 사람은 다름 아닌, 컬처 필드의 오정호 총 대표님이었기 때문입니다.

직접 뵌 오정호 총 대표님은 신유나 선배님보다도 더욱 빛이 나는 사람이었습니다.

너무 강렬해서 실제로 빛이 나는 것처럼 왠지 눈을 뜨기가 힘들 정도였습니다.

오늘 오디션은 실패지만 평생 두고두고 기억할 만한 일이 일어났구나.

이런 생각이 절로 들었습니다.

그다음 더욱 놀랄 만한 일이 일어났습니다.

오정호 총 대표님이 저를 찬찬히 살펴보더니 이렇게 묻는 것입니다.

"이름이 뭐죠?"

저는 잽싸게 대답했습니다.

"안녕하세요! 184번 연습생 천태거입니다!"

그러자 오정호 총 대표님이 말했습니다.

"아아, 우리 연습생이었구나. 잘됐다. 그럼 오늘부터 가수할래요?"

그렇게 아득하니 멀게만 느껴졌던 제 데뷔가 마침내 결정되는 순간이었습니다.

〈완결〉

TIME ROULETTE
타임룰렛

최예균 현대판타지 장편소설 NEO MODERN FANTASY STORY

[다크 게이머], [타임 레코드]의 작가 **최예균**의 귀환!

전형적인 칼리지 푸어(COLLEGE POOR) 한정훈.
가난이 싫었고 재능조차 전무했던 그가
아버지가 간직해 온 낡은 룰렛을 돌리는 순간,

과거, 현재, 미래를 지배하는 시간 여행자로 변화하다!

룰렛을 통해 뜻밖의 상황들을 헤쳐 가며
불가능을 가능으로 만드는 능력자로 거듭난다.

자신의 소중한 이들을 지키기 위해,
희망을 잃어가는 이 시대의 사람들을 위해,
그는 오늘도 간절한 마음을 담아 레버를 당기다.

**조연조차 되지 못하고 들러리에 그쳤던 한정훈.
세상을 움직이고 미래를 변화시키는 주연으로 거듭난다!**